MARCELA CAVALLARI (ORG.)

CAVIDADE MATERNA:

SETE CAMADAS DE NÓS

COLEÇÃO MÃE LEVA OUTRA
HECATOMBE
2024

HECATOMBE

HECATOMBE

rua do caju, 478
jardim das cerejeiras
cotia — sp
06724-015
brasil

rua dr. manuel pacheco nobre, 128,
5 esquerdo
2830-080
barreiro (setúbal)
portugal

[+351] 928053619
[+55] 11 95608 8983

www.editoraurutau.com

SUMÁRIO

TERCEIRA CAMADA: SOLIDÃO OU PADECER NO PANDERPÉRIO

QUARTA CAMADA: SINTO, LOGO EXISTO

QUINTA CAMADA: APENAS SUFICIENTEMENTE BOA

SEXTA CAMADA: A ALEGRIA VIRÁ EM GESTOS MIÚDOS

SÉTIMA CAMADA: NASÇO, NASÇO!

PRIMEIRA CAMADA: CAVIDADE MATERNA

maedemim

é sempre ela quem estará lá
quando precisar ser
aquecida
embalada
nutrida
apaziguada

quando tiver medo do escuro
quando ralar o joelho
quando estiver exausta
quando tiver que saber da hora das coisas
quando tiver que fazer escolhas difíceis
quando se perder em si mesma

quando de madrugada a insônia da alma vier revirar as gavetas
lotadas

quando precisar emprestar a própria pele
para se fazer nascer mais uma vez

rasgando camadas profundas para dar espaço ao que já não cabe na mesma casca

quando tiver que mastigar o próprio coração desiludido
quando tiver que assumir o engano, a mentira, a vaidade
quando também dos seios escorrer leite doce em abundância para se banhar de
prazer e desfrute

quando tiver que atravessar caminhos estreitos para se parir na vida

ela não precisa estar só
mas é ela quem estará sempre

a mãe de mim.

MARCELA CAVALLARI

cavidade materna

ca.vi.da.de
1. espaço cavado ou vazio de um corpo sólido.
2.depressão natural ou artificial numa superfície; buraco, cova.

Falo de um lugar de dentro. Lugar de paredes estreitas. Daqui enxergo apenas a escuridão e tudo o mais é sombra e miragem. Nas paredes as imagens refletidas, coisas imaginadas, medos ampliados, não existe cor. A atmosfera é rarefeita, não oxigena, não inspira, não exala, só sufoca. Nas rochas duras, se abrem fendas que mostram que há sempre como ir mais fundo nesse oculto. Aqui dia e noite coexistem e o tempo corre em voltas.

Gruta, ventre, caverna. Vou mais fundo nessa cavidade.

Dentro dessa caverna de pedras brutas e rochas milenares, marcadas por pinturas da história, há um lugar apertado onde tudo ressoa: um pensamento, uma emoção, uma palavra, um grito. Grito por socorro esperando ser escutada, mas é tão profundo que o som não sai. Só escuto o retorno do eco que sem saber os caminhos para fora, encontra apenas dentro. E o grito permanece aprisionado lá no fundo. Tento gritar por ajuda: Mãe!! Mãe!! Mãe!! E sou chamada de volta, porque agora a mãe sou eu.

Mãe. Sem planejamento.
Mãe. Sem carteira assinada.
Mãe. Sem me sentir pronta.
Mãe.

De repente, caverna, buraco fundo. Alguma vez você já visitou esse lugar? Será que em algum ponto nos encontramos nesse túnel escuro? Pode ser que você tenha construído essa caverna dentro um quarto. Ou feito da cama um esconderijo. Eu me costurava no sofá nas manhãs onde não havia força para viver depois de uma madrugada em claro na qual só havia choro, cólica, dor, solidão, cansaço. Internamente meus pensamentos e emoções eram agitados apesar do corpo inerte. Deitada em posição fetal, buscava um lugar onírico uterino para me gestar. Voltar para cavidade outrora habitada e ser protegida, alimentada, existida através de outra. Poder não saber de mim.

Perceba bem, essa cavidade pode estar no epicentro da sua mente.

Sem que se perceba, passagens estreitas entre emoções e pensamentos te conduziram para um labirinto sem fim e sem fundo. Num aspiral de aspereza, você se desespera e acredita que só existe escuridão. Você vai descendo tanto cada vez mais e mais que chega em um buraco oco. Cova onde se cava em círculos si mesma.

Depressão.

A depressão materna pode chegar a atingir trinta e nove vírgula quatro por cento da população brasileira. O que representa uma fatia grande de mulheres que relatam sentir sintomas característicos de humor deprimido constante, redução significativa no interesse ou prazer em realizar atividades, mudança significativa no peso, apetite, sono, diminuição da capacidade de pensamento e concentração, sentimento de incapacidade, raiva, irritabilidade, culpa e recorrência de pensamentos de morte. Sem considerar na estimativa as que sofrem contidas e caladas uma dor que é quase proibida de ser dita. Não é aceitável sentir tristeza quando se é mãe. Afinal essa só pode ser amor e contentamento.

Os fatores que levam uma mulher a desenvolver esse quadro são amplamente variáveis para cada uma. A depender de fatores para além dela, ambientais, sociais e emocionais que ela tem em torno da sua própria história e das condições de seu maternar. Disso vai se ela é mãe solo, mãe atípica, mãe trans, mãe de anjo, ou se passou por complicações na gestação e no parto, se teve intercorrência, se ela contou com uma rede de apoio no pós-parto imediato e tardio. Além das condições econômicas que variam amplamente se estamos falando de uma mãe que produz uma imagética da maternidade e lucra com a publicidade ou da mãe da periferia, que vende o almoço para comprar a janta. De algum lugar, ainda que distantes, estamos atravessadas pelas camadas da maternidade, sobretudo pelo avesso. Nos fizeram acreditar que ser mãe sempre foi padecer no paraíso; dolorido e delicioso; sentir o amor mais sublime e perfeito que existe. Enquanto escondemos, no fundo das gavetas, aquilo que ninguém diz.

Sem perceber, caímos lá, numa depressão funcional. Excelentes em executar a rotina e reproduzir o cotidiano do modo que inventaram que tinha que ser, repetido dia após dia. Sem espaço para o prazer, para a individualidade, para a criatividade, só resta reclamar ou ter dor de cabeça. Aos poucos, somatizações no corpo buscam refúgio dentro de lugares profundamente viscerais. Adoecem.

Ninguém perguntou sobre que condições estão essas mulheres e o que estamos perpetuando dos modelos desse maternar no qual ela é o centro da reprodução da vida cotidiana. Venho escutando no consultório queixas recorrentes em relação à herança de padrões afetivos disfuncionais, vivências traumáticas na infância, ansiedades, sensações crônicas de vazio, cansaço e desamparo. Mães que não conseguem se reconhecer no lugar de mães ou de filhas. Com uma alta dose de tristeza, cobrança, insatisfação e sofrimento. Cada história de vida única, ainda que as semelhanças sejam aos montes.

Não é porque Maria não foi boa mãe. É porque a sociedade não fez um pacto com ela para que embalasse Mateus enquanto tinha seu alimento garantido; não ofereceu condições de trabalho para o retorno após a maternidade; não conjugou mãe e mulher; não estruturou rede para que ela pudesse repousar. Já o marido de Maria, José, insistia em ser daquele jeito de sempre, encostado na sua masculinidade tóxica.

Essa cavidade materna tem camadas sobrepostas que, ao longo dos anos de história, formou casca grossa, na qual se escondem a sobrecarga, a culpa, a dor, a solidão, a raiva, mas também a palavra justa, a força e a cura. Por ironia, o destino me colocou a investigar as histórias das pessoas e os caminhos que levam alguém a deprimir, ou a se tornar irreconhecível dentro da própria vida e outras tantas formas de sofrer e de aguentar. Compreender não faz com que eu não sinta, mas talvez me traga atalhos para que eu ache as saídas dos lugares escuros. Além de ter mais aceitação sobre a vulnerabilidade, o trauma, o tempo para as coisas se resolverem no mundo de dentro. Agora entendo que a tessitura das nossas emoções é um processo fundamental para estarmos mais inteiras em nós.

Por entre os estreitos dessa passagem que conheço o caminho, quero compartilhar com você o que vi, ouvi e senti. É preciso dizer que se faz necessário abrir a ferida para que comece a cicatrizar de dentro para fora, e por isso há um tanto de dor no processo, de coisa não tão bonita, mas confie, lá no final desse túnel chegaremos. Lá onde tem ar para encher os pulmões, sentir alívio no peito e com clareza se enxergar na sua própria maternagem. Lá onde a gente renasce e faz nascer a nova mãe.

MARCELA CAVALLARI

dessa que sou

De lá além-mar
Onde a colônia afundava a todo vapor nas dívidas do tesouro
Faltava farinha para fazer o pão
Na ilha de Marias, onde a comida se cozia no buraco do vulcão
Cansada da falta de pão
E do marido alcoólatra
Capaz de mergulhar de escafandro pra consertar casco de navio sem saber nadar
Para poder no fim do expediente no álcool se anestesiar de suas melancolias
Maria, com a filha e a máquina de costura
Embarcou no navio que levava além-mar
Com a promessa de uma terra dourada
E fartas oportunidades de trabalho
Desembarcou direto no cortiço.
Maria pequena foi recebida na escola pela zombaria por conta de seu sotaque

Por que o laço verde e amarelo se não é brasileira? É preciso que se prove a pátria. Qual seria o tamanho da pátria para uma menina do arquipélago?
Não foi longe nos estudos
Cedo teve que trabalhar na cozinha junto da mãe
Se equilibrando em ponta de pé numa cadeira na beira do fogão
Quando a menina Maria completasse dezesseis, estaria pronta para o casamento! Tudo bem arranjado com o português afilhado, dez anos mais velho, dono do armazém
Ela recordará do dia em que ele ofereceu um sonho da vitrine, como se fosse a prova de que era amor.
Maria seguiu seu destino de Maria
Cozinhou, lavou, limpou, engomou, cuidou, serviu, reproduziu a vida cotidianamente. Sem
se atrasar.
Teve filhos, dois que vingaram
Os outros foram abortados a mando do marido
Não era boa hora dos negócios
Viraram mágoa e lágrima seca
Lá pelas tantas, nasceu o cravo
Filho pequeno de saúde frágil
Tão delicado que se despedaçava a cada novo amor
Sonhava em viver do que a terra produz

Colocar a mão na enxada pra depois colher o fruto
Foi esmagado pelas máquinas da fábrica do pai e herdou só o desgosto e a falência Colheu rosas e se furou em espinhos
Depois do desemprego, se rendeu
Virou assalariado do agronegócio
Ele, que não é Maria, mas se atravessa por um feminino à flor da pele. Meu pai.
Já minha mãe, também Maria
Filha de imigrantes italianos
Cresceu no centro da capital
Na parte alta da avenida
Conheceu a vastidão do mundo
De toda a sorte dos desejos
Até que um golpe da vida tirou sua mãe e lhe quebrou os ossos.
Ficou paralisada em uma
cama por mais de um ano.
O que não se movimentou
Virou transbordamento tempos depois
Maria perdeu a cabeça
Em algum lugar entre si e sua maternidade
Seu desamparo e sua solidão
Sua amargura e sua raiva da vida

Sua rotina rígida e mecânica
Sua exigência
Do mínimo e minucioso ato de excelência
Tudo está no lugar
O relógio, a roupa, a cortina, o tapete, o sal
Menos o afeto.
Desse mar eu nasço
Com a promessa de ser um presente da Folia de Reis
Um acaso não planejado do destino
Que agora mexe no passado como quem não tem medo de dizer o não dito e o maldito para que não se repita.
Conte pra si. De que mar você nasceu?

MARCELA CAVALLARI

cara mãe

Antes de mais nada, quero te abraçar. Oferecer braços para você poder pousar. Falar pra você que uma hora o aperto no peito vai aliviar. Dizer olho a olho que eu te vejo e me vejo em você. No cabelo despenteado, no pijama surrado, na celulite ali na beirada, nas olheiras que você vê no espelho. Que, em algum ponto, somos semelhantes e experimentamos emoções próximas, pelo menos nesse campo da maternidade.

É tão curioso pensar que, na última vez que nos vimos, apesar de uma barriga divina, você ainda não havia experienciado a maternidade de um jeito mais palpável. Eu adoraria ter te visitado em uma fase de estabilização do puerpério, depois daqueles primeiros meses onde a vida vira de cabeça pra baixo e você não sabe se é dia ou se é noite, se você já tomou banho ou se você comeu na última refeição. Quando ligamos um modo sobrevivência selvagem no qual só existe corpo, fome, sono e excremento.

Eis que a pandemia entrou no meio do caminho, tornou distante aquilo que precisava ser cotidiano: o encontro. Não só. Acho que já faz tempo que nos isolamos. Cada vez mais confinadas nas próprias vidas, cada vez menos na *coletividade*. A soma das forças, das dicas construtivas, do conselho amoroso. O bem que faz quando podemos assumir nossas dificuldades nesse lugar. Nossos afetos e desafetos do cotidiano.

Cara amiga, sinto dizer que somos uma geração de mulheres que estão capturadas por todas as expectativas de bater a meta da funcionária do mês. Desempenhar, ser uma grande fazedora do que falaram que era bom de fazer: apostila sobre introdução alimentar, educação positiva, método para o bebê dormir, atividades com bolinha de fita crepe, algodão e rolinho de papel higiênico para a estimulação sensorial (enquanto o bebê lambe o chão, a esponja do banho, o brinquedo do cachorro). Tanto método e tanta meta que serve pra que de verdade além de gerar mais expectativa de desempenho? Alguém avisou sobre o lado avesso, sobre a irritação que você ia sentir porque está cansada, de que o amor não é sempre fácil? Na comparação, erramos por achar que somente nós não conseguimos executar a vida que aparece nas redes sociais (muito recortada e filtrada), que somente nós estamos falhando nesse tal lugar da parentalidade. Nem mesmo a maternidade real é de verdade. Virou muro de lamentação, não rede de apoio e cooperação. Bora criar um Tinder de mães? Levo sopa em dias de resfriado na portaria. Olho no parquinho pra você mandar o e-mail. Esquema de caronas em dias alternados. Rodízio de crianças e todo mundo tem tempo livre.

Eu gostaria de te perguntar, o que você está sentindo hoje, agora, em relação a sua maternagem? Qual é a sua medida do que tem feito dos seus gestos cotidianos, da doação integral, de tempo, de espaço, de repertório emocional, daquilo que sua cabeça acha que tem que ser e que é diferente da realidade? Você tem a certeza de que é a única que não é uma boa mãe?

Era disso que eu queria conversar enquanto você estava se colocando muito ocupada preparando um lanche da tarde com mesa variada, opções com e sem açúcar, sem lactose, frutas orgânicas e uma dose dupla de cafeína pra você aguentar o tranco. Queria ter falado pra gente ir numa padaria, "mas é difícil sair com criança pequena". Queria ter te convidado pra ir aqui em casa e eu fazer a mesa, "mas é difícil pegar estrada com criança pequena" ou ir num parquinho com eles "mas é difícil ir em lugar aberto". E de tão difícil que fazemos parecer, vamos ficando cada vez mais presas na caverna.

É tudo ficção, sabia? E sinto dizer que não é do gênero romântico como sempre te disseram. Tem muito mais choro, muito mais grito, muito mais cansaço do que você achou que teria e muito mais cocô. Às vezes tem estranheza. E a gente fica achando que é só com a gente. Enquanto caímos nos abismos de dentro sem referências melhores de como entender toda a experiência de transformação radical que vivenciamos.

Venha cá, vamos prosear... É seguro falar.
[A palavra cura]
Liberta o afeto aprisionado na reminiscência
Deságua a má-água represada
Afrouxa o nó da garganta
Da história mal contada
Que aperta o peito
Desvela uma parte
Abre uma fresta
Faz ponte
Ponto
Sutura
Palavras

Metáforas em travessia
Amarradas em um carretel
Que desenrolam fio a fio a trama inconsciente
É preciso escutar bem as palavras
Abrir os ouvidos
Flutuar nos ecos
Ressonância e timbres
Para dar contorno
Acento
Conjugação de novos tempos (verbais)
Para palavras vindouras.

MARCELA CAVALLARI

cartas ao meu pequeno filho: 10 de maio de 2020

Mê, Mã, Mamã.Mãe. Assim você me fez e me deu nome. Me colocando a atravessar os mistérios da maternidade. Ser força onde era medo, ser paciência onde era fúria, ser sensibilidade onde era pedra bruta. Tantas em mim que ser mãe me fez conhecer mais depressa.

Mãe é mãe quando dizem que é, pode ser mãe de barriga, de coração ou de consideração, tem mãe que é avó. Mãe pode ser sinônimo de segurança, cuidado, aconchego, inspiração. Mas mãe só pode ser mãe de um jeito digno, se tem o pai, parceire, a rede de apoio, a comunidade, para dar conta das mil demandas, que ninguém diz, mas vêm de sobra mesmo quando o amor tá espremido no peito.

São várias as faces da mãe. A mãe que ri, a que chora, a que cala. A mãe daqui, a mãe de lá, mãe do centro urbano, mãe da periferia, mãe da floresta. Mãe negra, indígena, quilombola. A mãe trabalhadora, a jovem mãe, a mãe. Tem mãe que tem um filho, tem mãe que tem um montão, tem mãe que é avó, tem mãe que é mãe só de passagem.

Por ter me feito sua mãe, pude perceber essas outras tantas mães. Sentir vontade de me aproximar para tecermos juntas essas infinitas maternidades, porque ser mãe muda a lente pro mundo, é querer dele um lugar melhor pra você e pra tantos mais. Por isso, meu filho, ao ver uma mãe, pergunte sempre se precisa de ajuda, de comida, de ouvidos ou de acolhimento. Seja tão generoso quanto tem sido comigo ao me fazer descobrir o que é ser mãe.

Com afeto,

Uma mãe.

MARCELA CAVALLARI

mãe, trança meu cabelo?

enquanto sussurra em meus ouvidos
algo sobre você antes de mim
confesse suas histórias de outro tempo
da mulher que te habita
do coração partido
de todas as dores
e cacarecos esquecidos da memória
trance em mim os fios que nos interligam nesse emaranha-
do transgeracional
emocional
cordão umbilical
trance com suas mãos calejadas de
[tanto] trabalho doméstico invisível
toda sua força de cuidado
toda sua prova de amor
trance nesses fios
a receita secreta
de ser entidade-mãe
e mesmo padecendo

permanecer sendo
trance nesses fios o afeto
o abraço perdido
o eu te amo não dito
o choro escondido
trance nesses fios
tão seus quanto meus
o mapa do caminho
as sementes germinadas
para que a mãe-humana
possa nascer em nós.

MARCELA CAVALLARI

CAMINHO DE FILHAS

Quando minha mãe em São Paulo chegou, de nada ela sabia
Eu em seu colo
pequenina dormia,
sabia menos ainda.
Depois veio minha avó
da vida
já um pouco conhecia.
Mas avexada soltou um "óh!"
com tantas luzes
tanto shopping
tanto Mapping
tanto McDonald's
Todas essas palavras que ela não entendia.
Quem poderia imaginar a vida,
a rotina nessa terra,
o que aconteceria.
São Paulo terra boa!
Terra da garoa!
Tudo isso eles diziam.

Em ficar rica,
minha mãe sonhou um dia
mas na realidade
nada disso aconteceria.
Morreu pobre e angustiada;
mas neste Natal seu coração
na praça brilha!
Com luzes vermelhas flamejantes de quem da vida era
amante.
Eu, hoje,
cá com minha cria
fujo da letargia
carrego — a no braço
sigo em frente
caminhando.
Que ironia!
Ainda em São Paulo está meu Eldorado, a arte que me atraía.

ROANNE ARAGÃO

carta pra minha mãe

no corredor do hospital para ser levada para a sala de cirurgia, escutava os gritos vindo da doula. eu te amo eu te amo eu te amo! nunca recebi declaração de amor tão visceral. ali, onde mais havia dor. minha mãe nunca disse "eu te amo". talvez por isso aquela frase ecoou profundo em muitos momentos do meu puerpério. cresci na dúvida e no vazio. me perguntando na soleira da porta a que horas chegaria alguém pra me tirar da solidão de sua presença.

mãe, eu entendo. já era tanto que você fazia. tarefas e mais tarefas para manutenção da vida cotidiana. três filhas de idades diferentes para garantir todas as necessidades diárias. quanto eu aprendi com sua organização (ainda que não execute igual). lembro-me da sua rotina impecável, dos dias certos para cada canto da casa. de quando só tinha arroz para comer e você inventou arroz de todo tipo, bolinho de arroz, arroz doce, arroz soltinho. mas sobrava tão pouco pra você. o cabelo que ia desbotando, as pernas que doíam, as emoções cada vez mais endurecidas. hoje eu entendo o quanto devia ser caótico para você quando eu, no ápice da minha *capacidade de imaginação*, queria fazer coisas que envolviam bagunça, sujeira, trabalho... mas, ao mesmo tempo, fui encontrando minhas saídas na liberdade que me cabia.... rodar a vizinhança de bicicleta, fazer amigos na rua, encontrar outras maternagens nessas paragens.

mãe, o cheiro da jaboticabeira até hoje me lembra uma tarde quente que tomei uma chuva forte andando de bicicleta. era uma liberdade tão deliciosa naquele instante, como se a roupa molhada fosse uma segunda pele da experiência de viver. você me fez livre, mãe. não sem deixar de cuidar. dizem que isso acontece com o terceiro filho, já que talvez, em algum lugar, você tivesse segurança no que estava fazendo.

naquele dia de tempestade, fui me refugiar na casa da vizinha minha amiga, que, por sorte do destino, era muito afetuosa e estabeleceu uma *voternidade* comigo. em seus plenos 78 anos, halterofilista, atleta, caminhava com os cachorros todas as manhãs, resgatava pombos na rua... ela era de uma vivacidade e alegria impressionantes. talvez a primeira das mães que encontrei.

depois tinha a professora da segunda série, de mesmo nome que o seu. Ela me oferecia muitos elogios e fazia com que eu confiasse nas minhas capacidades de aprender. lembro que resolvi dançar uma música em sua homenagem em uma apresentação de fim de ano. era tão verdadeiro o afeto. a canção do Milton que, anos mais tarde, aprendi a cantar e entender que sou feita de marias... Maria, Maria...

"Maria, Maria é um dom, uma certa magia

Uma força que nos alerta

Uma mulher que merece viver e amar

Maria, Maria é o som, é a cor, é o suor

É a dose mais forte e lenta

De uma gente que ri quando deve chorar

E não vive, apenas aguenta."

talvez mãe, hoje minha vontade seja mais te oferecer colo do que pedir. Colo pra sua maternagem, sua história, pra que você também encontre esse lugar afetivo que agora eu sei como chegar. Eu hoje vejo que foi justamente a liberdade que me deu lugares de mudança, de cura, de afetos.

Eu vejo nosso amor sereno acontecendo cada vez que você também se adapta com mais uma faceta minha, mais um questionamento, uma teimosia, um padrão que eu quebro, uma decepção que ofereço. Ao mesmo tempo que sei que sabes que agora sou capaz de me cuidar e de cuidar do meu filho, do meu jeito.

mãe, eu te amo.

já que talvez eu também nunca tenha conseguido dizer.

MARCELA CAVALLARI

quem é essa?

a cena era a seguinte
casa cheia de gente
progenitor, tia, avó, avô
a criança chorava pra mãe, pedindo água
a mãe dava
a criança chorava porque tropeçou e bateu o joelho, a mãe acolhia
a criança chorava porque fez xixi
a mãe trocava
a criança chorava porque queria alguém pra brincar, a mãe explode e grita:
MAS QUEM É ESSA CARALHA DE MÃE??? pois é minha cara
inventaram que a gente é a única
pra quem a criança chora
aquela que pare, embala, educa
que é também cozinheira, motorista, enfermeira, professora que não tem tempo pra nada
que tá sempre exausta e que quando grita
é a louca.

veja bem, também não sei
quem é essa mãe que a gente quer ser?

MARCELA CAVALLARI

SEGUNDA CAMADA: ME DIZ ONDE DÓI?

terremoto

Assim nasce um brasileiro
Em berços apertados
Leitos separados
Agulhas e seringas
Ocitocina sintética
terremoto
contração
O masculino imperativo
Voraz
Predador
Perverso
Rasga o corpo da mulher
sete camadas de dor
e de ódio
Pra depois ignorar sua dor
Achar que a dor tem cor.
Calar a sua dor
Não grita.
Não grita.

terremoto
abalo sísmico
qual o limite da dor
o que doía já não era mais o corpo
lugares invisíveis difíceis de descrever terremoto
partir para o mundo
fenômeno íntimo da natureza humana
atravessado pela dominação dos corpos marcando na pele
séculos de história das mulheres e de todos os filhos dessa
sociedade
Gabriel não foi auscultado
por erro médico
Por que meu filho não chora?
Por que meu filho não chora?
anoxia
paralisia braquial e estrabismo
sequelas pra vida toda
Ódio a Odir
E seu descompasso
pressa
pedra no coração
toque bruto
fórceps

episiotomia
cesariana
pra ganhar mais no plantão
Ódio a Odir
e sua violência estrutural
herdada
mesquinha
falida
de uma medicina
querendo vingar na carne das mulheres seus fracassos
escuto o eco do grito
que urrava em mim a dor de um testemunho de mulheres
violentadas de tantas formas humilhadas. negligenciadas.
separadas de seus bebês e de seus acompanhantes. solitárias.
uma em cada quatro de nós.
quantos nós precisamos ser desfeitos
dessa trama de interesses capitais
que produzem corpos mecânicos
de fazer nascer bebês
tu, meu filho, Teo
nasceste do amor de sua mãe e de seu pai

e, apesar da violência marcada em nossa partida, este é só
começo de nossa história
por vias melhores de fazer nascer um mundo melhor.

MARCELA CAVALLARI

denunciação

Ao presidente do Conselho Regional de Medicina do Estado de São Paulo.

Venho por meio deste registrar denúncia de violência obstétrica ocorrida na Santa Casa de Misericórdia. Na madrugada do dia 18/3/2019, dei entrada no hospital com o trabalho de parto em evolução. Na primeira avaliação feita na sala de pré-parto, o médico se comunicava de forma desrespeitosa e abusiva comigo e com as outras gestantes. "Olha pra mim enquanto eu tô falando! Você tem que dizer o que tá sentindo, tá doendo?! Eu tô mandando! Cala a boca! Isso é falta de educação! Não grita. Não grita. Não grita." Fez vários exames de toques brutos e desnecessários, doloridos e invasivos. A cada vinte minutos, ele entrava na sala e fazia o toque. Doía no corpo, que já tinha dor o suficiente para sentir e doía na alma por saber do abuso naquele gesto. Mas, mesmo sabendo, a vulnerabilidade era tanta que fiquei sem reação. Calei. Não disse nada. Ninguém disse por mim. Nas últimas duas horas de trabalho de parto de um total de quinze, o médico começou a me apressar. Mesmo com meu corpo evoluindo bem, a dilatação total e o coração do bebê no ritmo certo. Eu só precisava de silêncio e um canto escuro para poder passar para a fase final, mas o médico determinou o tempo que me daria para o expulsivo "vou te dar mais uma hora". Aplicou ocitocina para acelerar o processo, caso contrário iria me levar para cesárea. Quem estava com pressa? Voltava a cada dez minutos para me tocar. Cada vez que ele entrava na sala, mais tensa e apavorada com a possibilidade da cesárea eu ficava. O médico tinha pressa. Só ele tinha essa pressa. Não eu, não o meu bebê. Ao mesmo tempo em que a mulher ao meu lado, há mais de vinte e quatro horas em trabalho de parto, chegava no seu limite e implorava por uma intervenção. Mesmo assim o médico escolheu me levar para a cesárea, alegando que o bebê não estava encaixado. Eu, mulher branca, contra a minha vontade, não a mulher negra que pediu por uma cesárea e que no fim teve seu filho tirado com fórceps e a cabeça machucada. Eu não disse nada. Ninguém disse por mim. Nem por ela. Já na maca para ser levada para o centro cirúrgico, continuei tentando parir. Porque eu sabia que meu corpo conseguia, mas o médico não quis assim. Como se o corpo fosse dele. Sem nenhuma evidência de que a cesárea era necessária. Sala de cirurgia. Braços amarrados. Deixaram-me ver meu filho por um relance de segundos, depois já levaram ele e tiraram meu companheiro da sala. Eu só podia escutar o choro agudo de meu filho na sala ao lado. Enquanto o médico conversava em tom de ironia com a equipe: "As pessoas ainda acham que é normal nascer, esse aqui tinha morrido se não fosse eu". Só eu sei o que senti. Não disse nada. Ninguém disse por mim.

Aguardo as devidas medidas legais.

MARCELA CAVALLARI

a primeira mamada

meu corpo era um amontoado de ossos, tecidos e órgãos anestesiados. foram quinze horas de trabalho intenso. a posição longe da cena dourada. cabeça reclinada para não ter reação da peridural. camisola suja. acesso no braço. não sabia segurar a criança, que parecia tão pequena e tão desconhecida. também era um amontoado tentando se entender com as leis da gravidade. tento me ajustar, apoiar a cabeça no meu próprio ombro. era eu quem queria o colo. ele abre a boca e faz a pega. respira e mama. respira e mama. no meu corpo não existem sensações. queria mais que aquela anestesia durasse pra sempre. pra não ter que sentir de novo toda a dor.

observo sem respirar. penso na foto. a primeira mamada. aquela que passa no rolo do instagram e a gente para pra olhar. tirei na esperança de achar o encantamento. mas o estado de choque deixa a gente sem reação. a foto não traz a dimensão do real. o que acontece no instante seguinte.

minha mãe estava ao lado. séria, como sempre. silenciosa. aquele olhar cheio de palavras oscilava entre triunfar na sua razão de que eu não teria um parto normal e sentir alguma pontada de piedade. eu tentava achar conforto em alguma expressão, algum abraço, mas era tudo tão escasso...

apesar disso o leite escorria. a criança mamava. de olhinhos apertados. respira e mama. respira e mama. parecia repousar no sono merecido. minha cabeça achava que não, mas lá estava o contato. mínimo necessário. pele a pele. faz apego. não é performance, é experiência. serão várias delas até que você consiga sentir. essa era só a primeira.

MARCELA CAVALLARI

me diz onde dói?

Eu perguntei pra ela olho no olho. Ela abaixou o sutiã e mostrou o corte feito na mama. Ela teve mastite na primeira semana que deu à luz a sua terceira filha. Fez várias tentativas de ser atendida na Santa Casa e na Unidade Básica de Saúde da cidade. Foi receitado primeiro um antibiótico, que custava cento e oitenta reais e que ela não tinha e fez empréstimo com a prima. Depois foi indicado outro anti-inflamatório, que também não fez efeito. Sua mama estava quente, pesada e tinha dor intensa. Começou a arroxear. Desesperada de dor correu na cidade vizinha tentar outro hospital. Chorou, implorou, gritou. Até que foi atendida. Cirurgia de emergência. Quase perdeu a mama esquerda. Quase morreu de infecção generalizada. Um mês de internação sem ver a filha. Dela e dos outros dois meninos, a cunhada que cuidou.

Em nenhum momento ela foi informada que seu caso era do tal leite empedrado. Nunca foi orientada sobre o esvaziamento correto das mamas ou métodos de alívio gratuitos como compressas frias. E com isso aquilo que não tem preço custou caro. Ellen não amamentou mais. O que significa prejuízo no bolso e na nutrição de sua filha, já que as fórmulas são caras e vai restar a alternativa mais barata.

No radical da cena desidealizada, encontro verdades. Não é sobre um discurso que funcione da boca pra fora sobre a importância do aleitamento materno para postar foto bonita no Agosto Dourado. É sobre perceber que, bem na ponta da corda, nem o básico está garantido. E nós temos responsabilidades nisso.

Ellen teve prejuízo no seu corpo, nas suas emoções, no seu aleitamento.

E elas outras do outro lado da estrada que corta a cidade no eixo das diferenças choram porque leram na internet que dar a fórmula é um crime, que pra ser mãe de verdade tem que aleitar até os dois anos em livre demanda sorrindo e contente.

Nada faz sentido.

Só dói.

MARCELA CAVALLARI

a vida vale

lá no alto do morro
que faz curva pra viela
o prefeito mandou construir
um prédio vistoso pra esconder a favela
Unidade Básica de Saúde, dizia a placa custou 3 milhões
Maria tinha pressão alta
batia no pico quando passava nervoso foi buscar o remédio
lá no prédio vistoso tomou só três dias porque tava vencido
Unidade Básica de Saúde, dizia a placa
Janaína com dezenove anos em sua terceira gestação no pré-natal não tinha médico, não queria fazer laqueadura
não podia não
chorava de tristeza
dizia ter uma única certeza:
a mãe é quem sofre
e embala Mateus
custou três milhões
a menina menor de Conceição
mirradinha

olhos parados
precisava de um exame
pra investigar o que faltava no sangue que corre lento em suas veias
proteína
vitamina
nutriente
fome oculta
custou 3 milhões
Rosa teve sífilis
corpo maculado em troca de pedregulhos, logo veio a depressão sem tratamento lá no alto do morro
só resta
anestesia em tragos de cigarro
e goles de ardência
Unidade Básica de Saúde
Marias, Janaínas, Rosas
a história não é nova
aquilo que não se atende no postinho
se alastra na fila do hospital central
a saúde é o negócio
o corpo é o produto
onde se abrem feridas e lucros a céu aberto

que a medicina
não cura
perfura
faz sangrar
3 milhões!
(mas a placa não diz
quantas vidas custou!)

MARCELA CAVALLARI

dor sem trégua

Filha, faz dezesseis dias que você parou de se mexer dentro de mim. Treze dias que seu corpo saiu sem vida do meu ventre. Desde que te percebi "morta", cada segundo pareceu uma eternidade. E ainda me sinto dentro de um pesadelo sem fim.

A dor hoje é tão profunda, tão cortante, que parece sufocar. Tenho dúvidas da minha força e da minha fé. Mas a minha terapeuta me alertou sobre isso. Então, resolvi acreditar que tudo o que tenho sentido faz parte do processo de luto, e que me expressar de todas as formas possíveis ajudará a drenar a dor e a elaborar sua perda.

Minha gorduchinha, mamãe te ama e sente muito sua falta. É um vazio imenso em meu peito. Uma dor praticamente insuportável. Desejaria um trabalho de parto por dia a ter que vivenciar essa dor. Essa dor aparentemente eterna. Essa dor sem trégua.

Seu irmão e seu pai são tão doces e carinhosos. Eles têm sido muito compreensivos. Você também seria muito paparicada por esses cavalheiros. Nossa, como seria...

Ah, filhota. Espero que possa receber minhas palavras e meu amor onde estiver. Não há revolta, você sabe.

Mas há sofrimento. O sofrimento de quem ama e se entrega a esse sentimento de corpo e alma. Eu te amo, pequena Helena. Sempre te amarei. E, por isso, sofro pela sua ausência física. Sofro por ter que te procurar no etéreo. Sofro porque só guardo lembranças de sua vida em meu ventre. Espero ter sido uma boa mãe enquanto esteve fisicamente comigo. Espero ser melhor ainda agora, quando unidas apenas em coração e espírito.

Não consigo mais escrever. Estou muito emocionada. Já chorei muito hoje. Estou tão feia. Os olhos tão inchados... Você que me fez sentir ser a mulher mais bonita do mundo, não pode acreditar no "trapinho" que me tornei. Me dê forças, pequena-grande Helena, para ser novamente bela e forte. Você e Henrique merecem uma mãe inteira e cheia de esperança na vida.

Só preciso de mais um tempinho. De um pouco mais de lágrimas. Descer um pouco mais no poço de tristeza por tê-la perdido.

Te amo muito, hoje e eternamente.

Sua mamãe.

CAROLINA COSTA

o peso do vazio

Vai contra a ordem natural da vida uma mãe e um pai enterrarem um filho. A gente nasce, cresce, (decide se) reproduz e morre. Ao perder os pais, a gente perde o passado. Ao perder o filho, a gente perde o futuro. Não há registro simbólico que dê conta de conceber essa dor. Quando acontece a morte de um filho crescido, está bem escancarado para a sociedade o tamanho da dor dessa perda. Nunca saiu da minha memória o dia em que meu pai me contou que, há quarteirões de distância, escutava o grito de dor e desespero de minha avó que acabara de receber a notícia da morte do seu jovem filho num acidente de moto. Essa situação, que aconteceu uns 30 anos antes dessa nossa conversa, claramente também nunca saiu de sua memória. Parece que é quase possível sentir junto a dor que minha avó sentiu. Essa dor é facilmente acolhida e respeitada. É palpável, traz memórias e histórias. E, quando o seu filho não teve a chance de crescer, criar histórias ou nem sequer de nascer? Como é entendida (ou não) essa dor? Quando acontece um aborto espontâneo (caracterizado assim quando ocorre até a vigésima semana de gestação ou quinhentos gramas do feto), muitas vezes esse sofrimento passa despercebido para o entorno. As pessoas ao redor têm dificuldade de validar como uma perda porque parece ser visto como uma dor de algo que nunca existiu. Frases como "você é jovem, logo terá outro", "foi melhor assim", "Deus sabe o que faz" ou qualquer outro conselho fajuto diminuem e tentam invalidar o sofrimento daquela mulher gestante que, de repente, carrega na sua barriga e na sua alma um vazio imenso. Como seria possível tornar menos pesado, já que é impossível preencher esse vazio? Quando o bebê passa da vigésima semana ou dos seu meio quilinho, a coisa pode mudar um pouco. Aí ele já não é "apenas" um embrião ou um feto e sim um bebê e, com a interrupção da gestação, há um registro oficial de morte. Há uma certidão de nascimento, uma certidão de óbito, um nascimento, o registro real (e não apenas simbólico) de uma existência e, então, fica mais fácil admitir que algo se perdeu e que isso, sim, dói. Mas quão relativo é esse tempo e esse peso (literalmente) para uma mãe que carrega o seu bebê? O que vai falar da dor dessa perda tem a ver com o investimento emocional que foi feito naquela gestação e não com semanas, trimestres, quilos ou centímetros.

Cito, aqui, Ana Cláudia Arantes (2016), em seu lindo livro *A morte é um dia que vale a pena viver*: "A dor do luto é proporcional à intensidade do amor vivido na relação que foi rompida pela morte, mas é também por meio desse amor que conseguiremos nos reconstruir".

MARINA MARTINS

um lugar de existência (para-a-dor)

Betina estava gestante de uma bebê muito sonhada e desejada. Com dez semanas de gestação, foi realizar um exame rotineiro de pré-natal e, ali, recebeu a notícia de que o coraçãozinho da sua bebê não estava batendo. Ela dizia que sentia algo diferente nesta gestação, comparando com a sua primeira, mas não sabia bem como nomear. Sentia que sua filha poderia ter algum tipo de deficiência, ou alguma síndrome, e já se sentia totalmente disponível para amá-la e cuidá-la independentemente de qualquer diagnóstico. Apesar deste sentimento (sem muito nome) que lhe rodeava, nunca havia concebido a ideia de que poderia perder a sua bebê. Pare e pense: como é que bate o coração de uma mãe e de um pai ao saber que o coração de sua bebê tão desejada parou de bater? Após uma semana carregando no corpo o vazio de uma perda, Betina retornou à maternidade — onde, há menos de dois anos atrás, tinha dado à luz sua primeira filha, Mia — para ser submetida à retirada da sua segunda filha (e, com isso, da sua satisfação, das suas expectativas, fantasias e de seus novos planos e sonhos. Estes, que não são passíveis de serem descartados dentro de um saquinho).

Ao chegar na maternidade, se sentou ao lado de outras mulheres gestantes que aguardavam a internação para receberem os seus bebês. Quando caminhava pelo corredor para ir ao quarto, se deu conta de que todas as portas tinham o tal enfeite "porta de maternidade" com o nome do bebê que está prestes a chegar — menos a sua: lá estava, mais uma vez, escancarado o seu vazio. Algumas semanas depois, receberam o resultado do exame genético e souberam que sua bebê tinha Síndrome de Turner. Betina contou que, ao receber este diagnóstico, sentiu um alívio. Sua culpa se dissipou. Viu que

não foi por excesso de trabalho, má alimentação ou algum outro descuido seu que sua filha não pôde vir ao mundo. Pensem, quão difícil é para uma mãe, além de tudo, carregar a dor de uma culpa. Isso não é nada raro de se acontecer e precisa de cuidado. Fato, sabemos, que o embrião também é parte do material genético do pai, mas a gestação acontece no corpo e nas entranhas de quem gesta. Sejamos sinceros, a culpa fica primordialmente com a pessoa que gesta, não é mesmo? Que bom saber que ela pôde ter esse pequeno acalento em meio a tanta dor. Ao receber o diagnóstico de sua bebê, Betina pôde marcar e nomear o lugar de sua filha neste mundo. A Síndrome de Turner é causada por alterações nos cromossomos sexuais femininos, então, assim soube que ela era uma menina. Ela não era apenas um feto. Ela era uma menina, ela se chamou Jackie e é a sua segunda filha!

MARINA MARTINS

um olhar de amor (para-a-dor)

Nina vivia uma gestação muito desejada um ano após sofrer um aborto espontâneo. Sentia muitos enjoos e desconfortos, que ficaram firmes e fortes mesmo com a partida do primeiro trimestre. Quando foi fazer o exame de ultrassonografia morfológica do segundo trimestre, soube que sua filha tinha uma artéria umbilical única, além de uma bolha gástrica que, a princípio, não parecia tão significativa. Na consulta pré-natal, a obstetra pareceu mais preocupada com um grande mioma, que dividia o útero com sua filha. Nina, que é (também) uma pediatra neonatologista e, sendo assim, entendia (além de sentir) que as coisas não estavam tão bem, decidiu procurar outra opinião. Dessa vez, procurou uma médica referência em medicina fetal para realizar o ultrassom. Pena que ela não era referência em cuidado e acolhimento com os pacientes, como vocês vão perceber. Imaginem, agora, Nina deitada na maca com o marido ao lado, na televisão, as imagens de sua filha; no coração, uma angústia sem tamanho. A médica, que repete esse mesmo ritual várias vezes ao dia, começou a realizar o exame e citar todas as complicações de sua bebê: "Artéria umbilical única, bolha gástrica, cardiopatia congênita, mãos em garra, não via o osso nasal"... Enfim, empurrando goela abaixo de Nina uma lista de grandes preocupações, com um total de "zero acolhimento" e apenas pontuando que ela deveria tê-la procurado antes. Nina, por conta de sua profissão, entendia o que a médica dizia ao narrar todas as malformações de Liz. Mas lembrem-se: o pai também estava ali! E, claro, ele não entendia nada do que tudo aquilo poderia significar, mas, pelo tom, não era bom, fato! A médica disse que depois a esposa lhe explicaria tudo o que estava acontecendo. Mas parece que ela se esqueceu de que ali era ela quem estava na posição de médica e não uma frágil mãe, tendo expectativas e sonhos frustrados. Nina foi em busca de outros profissionais especializados e recebeu o diagnóstico que ela já imaginava: a filha tinha Síndrome de Edward, que traz uma expectativa de vida muito baixa. Apesar de estar vivendo o momento mais difícil de sua vida, sentiu-se muito cuidada pelo médico que, mesmo sabendo qual era a profissão dela, explicou detalhadamente (ufa!) todas as implicações deste diagnostico, incluindo, claro, o pai de Liz, que estava presente (ufa! Ele também foi visto!). Foi, então, dada à família a possibilidade de interromper a gestação por meio do que é chamado "aborto terapêutico". Uma decisão de parar o coração de qualquer mãe e de qualquer pai. Se já não bastasse a dor e a dificuldade de tomar a decisão de parar o coração de Liz, a família ainda precisava estar envolta a questões jurídicas para realizar tal procedimento dentro dos trâmites legais. Deixe-me explicar brevemente. Hoje, no Brasil, o aborto terapêutico é permitido em três situações: gravidez resultante de estupro e violência sexual, anencefalia fetal (conforme decidido pelo Supremo Tribunal Federal em 2012) e risco à vida da gestante. Pois bem, Nina corria risco de vida, porém nenhum médico estava disposto a colocar isso em relatório clínico, visto que é uma situação analisada pela Justiça. Vivendo esse processo, Nina percebeu que a complexidade de fazer esse aborto legalmente é muito maior do que se pode imaginar. Já não bastassem as consultas, os exames, a reviravolta toda que vivia na sua vida, agora teria que incluir, também, um advogado nos seus cuidados? Entendeu, que em meio a tantas outras dores, essa ela não gostaria de enfrentar. Nesse árduo processo de elaboração de luto pela sua bebê imaginária, que agora apontava as dores do real, Nina decidiu que seguiria com a gestação. Ouvia por todos os lados que "Deus sabe o que faz" e entendeu que, então, Ele havia mandado Liz porque ela era apta a cuidar de uma filha com essas limitações, assim como já tinha cuidado dos filhos de outras mães nesta mesma situação, como pediatra neonatologista. Se sentiu em paz com a decisão e percebeu que Liz também. Se ela conseguisse lutar para se desenvolver dentro do útero da mãe, seria cuidada e amparada aqui do lado de fora. Neste dia, Nina não sentiu dores de contração, o que não acontecia há muito tempo. No dia seguinte, entrou em trabalho de parto. Soube que Liz estava em sofrimento e que talvez ela estivesse esperando essa conversa com a mãe para poder descansar. Nina precisou ser submetida a uma cesárea de emergência. Sabia que ali, naquela sala de parto, conheceria o rostinho de sua filha. Sabia que, muito provavelmente, ali também se despediriam, com respeito, dignidade e amor. Respeitosamente, foi acolhida numa sala de pré-parto separada de outras gestantes que aguardavam a chegada de seus bebês a termo, sem intercorrências. A internação de Nina também aconteceu num andar sem outras mães, bebês e enfeites de porta. Liz, nasceu com seiscentos gramas, o médico já adiantou que ela não sobreviveria. À mãe, ao pai e aos avós, foi dada a chance de conhecer a filha, a neta, a Liz... E, assim, instaurá-la num lugar neste mundo, tirar fotos, vesti-la, dar dignidade a sua existência e, então, se despedir. Liz nasceu, recebeu uma certidão de nascimento, foi acolhida por seus familiares, faleceu, recebeu uma certidão de óbito, foi cremada e teve o direito de viver uma despedida com a sua família.

Claro, nas duas experiências há desespero, perda, vazio, angústia e tantos outros atravessamentos que, com certeza, não dão conta de mensurar a tristeza que Betina e Nina viveram e o marco do vazio que vão carregar na barriga e na alma. Mas, diferentemente de Betina, Nina teve, desde o momento da sua chegada à maternidade, respeito e acolhimento pela dor do que estava vivendo. Há dúvidas de que isso torna o processo um tanto menos árduo? Gostaria de registrar aqui um escrito de Henry Sobel em sua crônica "O navio", que Nina me escreveu em uma mensagem:

"Imagine que você está à beira-mar e vê um navio partindo. Você fica olhando enquanto ele vai se afastando, cada vez mais longe, até que finalmente aparece apenas um ponto no horizonte. Lá o mar e o céu se encontram. E você diz: 'Pronto, ele se foi'. Foi aonde? Foi a um lugar que a sua visão não alcança, só isso. Ele continua tão grande, tão bonito e tão imponente como era quando estava perto de você. A dimensão diminuída está em você, não nele. E naquele momento em que você está dizendo: 'Ele se foi'", há outros olhos vendo-o aproximar-se e outras vozes exclamando com alegria: 'Ele está chegando'."

Para Nina: "Pronto, a Liz se foi e seguiu existindo em algum lugar". Para Betina, ficou a sensação de que a Jackie apenas se foi... Mas que bom que houve espaço para ela seguir existindo na vida da mãe. Na história que a família de Jackie viveu, vejo pouco preparo de uma maternidade e uma equipe de saúde para lidar com uma situação de tanta fragilidade e de grande potencial traumático. Isso me é tão dolorido! Num momento de desprazer, dor e fragilidade, o profissional da saúde tem uma imensa responsabilidade com as repercussões psíquicas e as elaborações mentais que aquela família envolvida viverá frente a esse processo, eles precisam estar preparados para construir um acolhimento para essa experiencia tão difícil e traumática. Não se deve submeter as mulheres a situações de violência que podem e devem ser evitadas. Eu sei, a morte é um tabu, é difícil para o outro ter que olhar para a dor de uma perda e, por isso, faz-se um esforço para negá-la. Mas as pessoas que escolhem trabalhar com pessoas precisam de cuidado, de treinamento, de trocas transdisciplinares, de ações coletivas e de preparo técnico para lutar de modo a amenizar e não acentuar uma dor. Já é demais a apunhalada violenta de perder um filho, não dá para ser submetida a mais.

MARINA MARTINS

Semanas após o ocorrido, conversei com Betina. Ela estava vivendo intensamente o luto, tentando encontrar resquícios de propósito e aprendizados num processo tão doloroso. Se cuidando e, também, cuidando e sendo cuidada por toda a sua família, que compartilhavam da dor dela. Poderia compilar nossa conversa e a forma que a senti vivendo seu luto numa outra linda frase de Arantes (2016): "Desejar ver a vida de outra forma, seguir outro caminho, pois a vida é breve e precisa de valor, sentido e significado. E a morte é um excelente motivo para buscar um novo olhar para a vida". Apesar do caminho que estava conseguindo trilhar para seguir com a sua vida, Betina sentia muito pesar ao pensar em sua médica, que dizia que o que aconteceu era muito comum, que não respeitou o seu vazio, que normalizou a sua dor, que nunca mais a procurou para saber como estava. Tentava encontrar os seus caquinhos no meio da perda de uma filha tão desejada. Ela, que sempre sonhou em ter uma família enorme, pela primeira vez, não estava tão certa do desejo de ter mais um filho. Claro, num processo de luto, toda sua libido fica direcionada no investimento daquele bebê que foi perdido e não há espaço para investimento libidinal em outra gestação. Mas ali ficou um marco de algo que se quebrou, que mudou, que se transformou. Talvez aquela família gigante se mantenha formada por Betina, seu marido, sua filha Mia e sua filha Jackie. E, sim, eu espero que ela perceba como eles já são gigantes.

Por outro lado, quando conversei com Nina, foi emocionante ver o poder de um trabalho de respeito, acolhimento e dignidade que, pelo menos na maternidade, ela e sua filha tiveram. Ela, médica neonatologista, juntou forças e entendeu a passagem de Liz neste mundo para ajudá-la a ter um olhar mais acolhedor aos familiares dos bebês e crianças que atende na Unidade de Tratamento Intensivo onde trabalha. Entrou em contato com a diretoria do hospital para solicitar uma sala de acolhimento, onde pudesse ser feita com muito respeito a comunicação de más notícias. Criou uma caixa de memórias com fotos, roupinhas, carimbo do pezinho e tudo o que pudesse deixar os registros reais de que Liz foi amada, desejada, existiu e partiu. Nina lançou mão de seu próprio tempo, buscou grupos de apoio, quando se sentiu preparada, desfez o quartinho de Liz, dando um direcionamento para os pertences da filha e começou uma formação em humanização do luto. Coloriu o seu vazio. Uma dor bem vivida tem uma beleza. Que os enlutados e todos os que lhe oferecem os cuidados possam reconhecer o sofrimento de uma perda. Que não tem semanas, meses ou tempo qualquer. Que tem existência!

MARINA MARTINS

cartas ao meu pequeno filho: 10 de novembro de 2020

o tempo, meu filho, é potente
o tempo de gestar foram nove meses
o tempo de nascer, mais de quinze horas
o tempo de crescer, mês a mês
o tempo da fruta do quintal amadurecer — e você correr feliz experimentar — é da árvore
o tempo de curar a ferida
 camada
 por
 camada
é fora do tempo
às vezes eu apresso o tempo, não acerto o compasso, não percebo que você precisava de alguns minutos a mais descobrindo aquele objeto, tentando aprender algo novo, ou simplesmente aproveitando o momento presente de alegria no pé da barriga. Porque as crianças nascem com essa capacidade fantástica que depois os adultos ficam tentando reencontrar por aí.

temo o tempo. temo que ele passe rápido demais. que eu não consiga ter tempo para viver e sentir tudo aquilo que é tão importante agora. já que a vida, meu filho, demanda de nosso tempo. tempo de limpar e organizar, tempo de trabalhar, tempo de cozinhar, tempo de repousar nas horas em atraso. tudo o que nos deixa tão sem tempo para poder estar um pouco sem hora marcada. tem uma frase, meu filho, do Antônio Cândido que diz que o tempo é o tecido da nossa vida.

agradeço o tempo, nessa ampulheta infinita de começos e recomeços. onde vamos, minuto, a minuto acertando os ponteiros e permitindo passagem para as horas vindouras.

Com tempo,

Mamã.

MARCELA CAVALLARI

TERCEIRA CAMADA:
SOLIDÃO OU PADECER NO PANDERPÉRIO

cartas ao meu pequeno filho: 21 de março de 2020

Hoje faz três dias que você completou um ano, fizemos uma festa linda, um café da tarde na varanda apenas para os familiares próximos, você comeu bolo da vovó (porque não tive tempo de fazer o seu sem açúcar), e cantamos até o sol se pôr, com todos os instrumentos que você adora. Há um ano, estávamos voltando da odisseia do parto, finalmente em casa, podendo viver de verdade os primeiros momentos com você. Lembro-me da primeira vez em que experienciei a sensação da amamentação, foi depois de um banho longo, sentada na janela do seu quarto, encantada por te conhecer. Foi um lampejo de amor e de vida que nunca havia sentido antes. Ali nascemos de novo.

A partir daí, ficamos em reclusão, como passarinho no ninho, só tratando de alimentar o filhote de maneira terna. Como foi bom poder ter tempo para te conhecer, te entender, te admirar, te cuidar e te amar. Mesmo que no mesmo momento eu estivesse um turbilhão de emoções por dentro, tentando reencontrar os territórios bagunçados diante daquilo que era novo e às vezes desesperador.

Hoje, meu filho, estamos em isolamento por conta de um decreto da natureza, chamado covid-19, que está obrigando a humanidade a parar. Parar com seu jeito de ser, de consumir, de destruir, de repetir padrões sociais injustos e fracassados. Já não se sabe de onde se vem, para onde se vai, o que é fato, o que é *fake*, por quanto tempo ou como os dias serão depois disso. O dia em que a Terra parou é agora.

Naqueles dias de um ano atrás, eu mal sabia que, um ano para frente, eu seria completamente outra, quase sem reconhecer quem era aquela antes de você chegar. Muito menos que hoje estaríamos atravessando uma pandemia. Mas o que aprendi nesse tempo é que só posso te nutrir com um amor real e não romântico, com a coragem que for necessária para os dias difíceis e com a esperança de que dias melhores virão.

O tempo, meu filho, é relativo e dinâmico, que você possa ver outros tempos, de uma sociedade mais justa e em equilíbrio. Na função criadora que me foi dada através de você, só posso seguir gerando esse outro tempo para você te escrevendo essas cartas para que, quem sabe um dia, entenda esse agora.

Com amor e esperança,
Mãma.

MARCELA CAVALLARI

escuta cumadinha

ela tinha sacolas na mão. cabelo amarrado com fios esvoaçantes. olhos cansados. quantas coisas praquele dia? junto ao seu corpo, o bebê. confortável em panos macios, touca contra o vento. seus poucos meses de existência. da onde você tá chegando agora cumadi? quanto corre, quanta louça, quanta fralda suja.

escuta, cumadinha...

eu sei que existem avenidas de distância entre nós. algo que paira velado no ar que respiramos quando nos encontramos. como se não fosse suportável olhar para nossas diferenças e encontrar nelas semelhanças distorcidas. inversões radicais sobre o lugar íntimo que podemos ainda dividir e se amparar. trançar os cabelos que crescem em nós.

onde foi que a gente se perdeu?

cada vez mais segregadas, capturadas pelo próprio real insuportável de cada uma, a lista infinita de tarefas e a pressa. perdemos o lugar de compartilhamento sincero, de cumadagem, de apoio, de vulnerabilidade. não, não somos as mesmas mulheres. nossas peles, pelos e cabelos contam a história de nosso passado. retratos de corpos violentados, acorrentados, classificados e dominados. é, pois, que conseguiram nos categorizar, nos condicionar, nos domesticar e nos afastar. agora chega de achar que maternidade é um fenômeno individual, que existe um suposto ideal de como ser essa mãe, de que mãe é uma só e só muda de endereço. o que vimos até aqui foi uma geração de mulheres exaustas e adoecidas. sobrecarregadas até o último fio de cabelo por terem que cuidar da reprodução da vida doméstica, dos cuidados com todos ao redor menos com elas mesmas.

vem cá
pega a alça da sacola
divide o peso de carregar a luta
afrouxa
aperta o laço
do afeto
se a sacola passar de mão em mão
fica mais fácil
a tarefa
de fazer chegar

a coragem pra criar
um caminho diferente.
escuta, cumadinha
se a gente se ajudar
mais alegria vai chegar.

sabe, eu tive a sorte de, no processo da minha maternagem, estabelecer um laço profundo com uma amiga mãe de dois filhos, um ainda bem pequeno quando nos conhecemos. vanessa tinha uma tradição linda criada por ela em pacto de sororidade com outras mulheres. separava as roupas dos filhos por tamanho e ia levando para as amigas, tudo com cheiro de amaciante e bem-organizado. nesse momento era a hora para um café, uma cerveja, um momento de desabafo e acolhimento. se eu comprei três bodys foi muito. o resto veio, com a certeza de que é na ajuda mútua que somos fortalecidas.

vivenciar tudo que conto para você, cumade, me fez querer seguir procurando formas de cuidado para tantas mães. por um tempo participei de um coletivo que organizava rodas de luta popular nas periferias da cidade com um grupo de mães. mães porque justamente eram elas que estavam de frente com as necessidades mais urgentes. papo sério. mas era também bonito de ver as sacolas com as roupas dos bebês indo e vindo. e elas voltavam porque sabiam que algo encontravam lá. não só a materialidade da coisa. ter encontro marcado. dividir um bolo. falar das necessidades, das dificuldades. desabafar. refletir sobre os problemas comuns. e rir também. coisa pouca que, se vira moda, muda o mundo, minha cumade!

MARCELA CAVALLARI

dia da mãe

O dia da mãe é longo
começa cedo e termina tarde
assim que ela coloca o pé pra fora da cama
[quando por sorte não teve um turno na madrugada], co-
meça no compasso apertado
na tarefa de manter o pequeno ser humano
alimentado
sem meleca no nariz
agasalhado
O dia da mãe é cheio de afeto
até a tampa do pote
todo misturado tipo sopa de legumes
amor
cansaço
amor
força do ódio
amor
carinho
amor

culpa
amor
solidão
amor
tem dia que o dia da mãe é triste.
O dia da mãe deve mesmo ser comemorado
um troféu pra cada birra sem berro
uma medalha pra cada duplo carpado de manter o horário,
um prêmio para a arte de curar machucados com beijinho
e afago.
O dia da mãe
é melhor quando tem o pai, a avó, a tia, a cumade
pra dividir com ela
o dom da criação.
O dia da mãe
se repete no dia seguinte
com a pia cheia
e a esperança de ser uma pessoa melhor
com o brilho nos olhinhos que dizem
"bom dia, mamãe".

MARCELA CAVALLARI

no escuro

no escuro da madrugada, eu vivia um pesadelo bem real. de olhos abertos, tive que enxergar a minha frustração e a vulnerabilidade radical do meu corpo. sete camadas cortadas na carne. pele. gordura. músculos. vísceras. útero. caminho inverso de passagem. vida e morte lado a lado, no fio do bisturi que conduzia a situação. estávamos com medo, meu filho. eu não queria te deixar nascer ali. você não queria sair do seu lugar seguro. no lugar de dentro de mim que foi caverna, oceano, solo fértil pra você existir. tudo estava agitado ao redor, as vozes altas nos corredores, meu coração acelerado, meu corpo trêmulo de medo e pavor. eu sem forças no meio da madrugada. naquele instante em que tudo dorme, me sinto um bicho perdido na selva escura. a insônia forçada, o choro estridente. meus peitos cansados de serem sugados. eu e meu parceiro tentávamos o que podíamos. chacoalhar. trocar a fralda. oferecer peito. repetir tudo de novo.

absolutamente desconfortável e com muitas dores da cesárea, tentava encontrar naquela cena o amor prometido, que juravam ser imediato. meu coração não tinha muito espaço, a única coisa que batia sem parar ali eram sentimentos de frustração, fracasso, raiva, impotência. na segunda madrugada no hospital, caí em um abismo em mim. desabei em um choro profundo. meu bebê também não parava de chorar, e eu não tinha forças para acolher. nesse momento, a senhora que estava acompanhando outra mulher e que testemunhou tudo o que aconteceu comigo e com a nora também recém-parida, veio oferecer ajuda a mim e a meu companheiro. meu parceiro, que nunca tinha segurado um bebê na vida e que, mesmo em estado de choque já tinha feito todas as trocas de fralda, entregou nosso filho para essa senhora, que saiu andando com ele pelo corredor. chorei, chorei, chorei, enquanto meu companheiro me abraçava sem saber o que dizer. ouvia os passos da senhora no corredor e aquele som conhecido de acalmar bebês: *shhhh, shhhh, shhhhhh.* também ouvia a oração daquela senhora, pedindo ao seu deus que confortasse o menino. era uma mulher de fé. voltou com ele dormindo serenamente. quantas noites no escuro solitário do quarto do bebê eu me lembrei desse dia, querendo receber novamente colo e amparo para ele e pra mim. era só isso. algumas horas de repouso, descanso pra sentir, tomar fôlego. achar pra quem pedir um braço.

MARCELA CAVALLARI

cartas ao meu pequeno filho: 3 de abril de 2020

Filho, o mundo anda caótico. Sabe quando você está com fome, sono e fralda suja? São tantos incômodos atravessando seu pequeno corpinho, que o que você pode fazer é cair aos prantos, aos berros, às lágrimas. Implorando para que alguém te salve dessas sensações. Às vezes tenho vontade de fazer o mesmo. Me sinto só e com medo.

O cenário do mundo, meu filho, está de ponta-cabeça, ninguém imaginou viver o que estamos vivendo, ser testemunha ocular dessa história. Pandemia mortífera com ingerência política. Com longos dias pela frente, nos quais o tempo se perde entre um futuro incerto. Por outro, homens de má-fé guerreiam pelo resto do osso que querem roer nas costas da nação. O povo tem fome, falta arroz com feijão. Isso já faz tempo. Uma vida inteira trabalhando por salários de miséria, para garantir a migalha do pão, enquanto engorda o bolso do patrão. Tudo organizado por classe, cor, etnia.

Enquanto a roda da fortuna gira sem parar, a vida na polis não funciona: a saúde, a educação, o bem-estar social. Perpetuando um modo ineficiente de se fazer política — palavra que define a práxis humana de se organizar para um bem comum.

Eu tenho esperança de que, em um futuro próximo, a sua vida e a de todas as nossas crianças serão preservadas, garantidas no direito à proteção, ao cuidado e ao afeto e com amplas redes de apoio comunitárias, nas quais olharemos com zelo e atenção pelos filhos de todas nós. Que seus olhos possam ver a renovação chegar um dia.

Você segue com as suas necessidades básicas de gente pequena, que, ainda por cima, não compreende concretamente a situação, e eu sigo te cuidando e te ajudando a criar os novos dias. Hoje você estava me ensinando que atividades simples te causam grande interesse, como despedaçar as folhas do quintal.

Quintal: aquele lugar onde toda gente pequena deveria ocupar pra brincar, criar, explorar, e se sentir segura para isso.

O seu balbucio mostrava a verdadeira entrega que havia naquele gesto miúdo. Me fez pensar, meu filho, que muitas vezes o que podemos fazer para lidar com um pandemônio (no mundo, no país e internamente) também é gesto miúdo, que somados a outros tantos, dão um tanto. Uma andorinha passa voando. Lembro-me da música que diz que uma andorinha só não faz verão. Se todas as andorinhas fizessem mobilizações, transformações, resistência, talvez voassem prum lugar onde tivesse ninho, comida e dignidade para todo o bando.

Mas, agora, enquanto começa o outono, o segundo da sua vida, talvez as tardes no quintal fiquem mais curtas, faz vento frio lá fora. É preciso se recolher e achar o que explorar dentro, tem tanto pra se mudar também...

Espero que, quando ler essa carta, se as coisas ainda continuarem caóticas, por favor, se junte a outras andorinhas que veem os horizontes além dos seus próprios muros.

Com afeto,

Mãmã.

MARCELA CAVALLARI

rede

Cá entre nós, vou te contar uma conversa de parquinho. Entre um sobe e desce de gangorra e aquele empurrão no balanço da criança, os encontros podem acontecer. Aquela mulher chegou discretamente com seu carrinho duplo de crianças tranquilas. Já logo fui dando os parabéns na minha cabeça, afinal, desde que descobri o que é ser mãe, sinto vontade de sair pelas ruas distribuindo elogios. Mãe de gêmeos saindo para passear sozinha? Haja coragem e disposição, pensei.

O papo embalou. Me contou de sua mudança para a cidade. Dos três meses de depressão na gravidez ao saber que seriam gêmeos. Do seu parto rápido e tranquilo, quando chegou no hospital com o primeiro neném nascendo. Ótima recuperação para ela. Bebês em Unidade de Tratamento Intensivo por trinta e sete dias. Meu coração fica pequeno. O que sente a mãe que atravessa a fragilidade da vida logo no começo da vida do próprio filho? Não bastasse, durante esse tempo, ela cuidava do marido, que já vinha enfrentando um câncer de estágio terminal. Apenas quarenta e cinco dias depois do nascimento dos filhos, ele morreu. Silêncio... Como os eventos da vida podem acontecer de forma inesperadamente próximas para algumas pessoas, a continuidade entre vida e morte escancarada aos corações de quem amou e ficou para contar essa história. Com voz mansa, essa mulher fez uma jura de amor a esse homem, "Amor bonito assim como a gente teve, eu não mais vou encontrar". E confessou a mim também todas as injúrias, todos os preconceitos por ele ser anos mais velho que ela, e pelo fato de ser uma mulher negra casada com um homem branco europeu. Somadas ao racismo sofrido cotidianamente em parquinhos como esse, em lojas de roupas, na porta das escolas. Quando, quase na maior parte do tempo, as pessoas acham que ela é a babá das crianças.

Minha vontade era a de pegar no colo a dor dela. Dizer que não precisa sentir aquilo sozinha. Fiquei pequena, do tamanho que posso ser diante de tantos sentimentos misturados. Percebi que o importante para essa mulher era poder falar, narrar sua história para poder escutar a própria resiliência, sua força interna, sua coragem diante da vida. Ela me contava enquanto balançava suas crianças de forma sincrônica e harmônica. Eles permaneceram quietinhos, absortos no vaivém e no frio na barriga, no céu azul, nas crianças que passavam correndo, inclusive minha pequena criatura que nessa altura já tinha interagido com o bando todo e brincava de pega-pega.

Mais adiante na prosa, perguntei se ela tinha rede de apoio. "Ah, não, eu achei melhor eles aprenderem onde não ir na varanda pra não cair e pronto, mais fácil." Dei um sorriso amarelo. Aquela resposta refletia o quanto nossa noção de rede está falha. Trocamos contato. Mandei um oi no WhatsApp falando para marcar de as crianças brincarem. Nunca respondeu. Escuto muitas mulheres se queixarem de não ter nenhuma rede familiar e quero deixar a questão aqui: por que não começamos verdadeiramente a tecê-las? Achar uma dupla, uma mãe de parquinho ou de escola que dê para se aproximar, revezar carona, mandar um pote de feijão de vez em quando, poder desabafar. Laços de solidariedade e cumadagem que precisamos reaprender como urdir e se segurar.

MARCELA CAVALLARI

recado para quem não pariu mateus

— você estava lá quando foi feito
— pagar pensão é o mínimo da sua obrigação
— você come pra caramba, comece a cozinhar
— lavar roupa não é só ligar botão
— não é só de peito que a cria precisa, pode embalar, trocar fralda, brincar
— estudar sobre criação de filhos é responsabilidade de todos
— trabalho emocional se faz na terapia, não sou obrigada.
— organizar a casa pra não viver num chiqueiro é necessário
— tire o lixo
— agendar consultas e exames dos filhes e as próprias, já que você é um ADULTO POHA!
— olhar agenda, mochila e preparar o dia seguinte da escola. Um dia pra cada um na escala
— vistoriar roupas dos filhes para ver se não servem mais e separar brinquedos e roupas para doação, senão viraremos acumuladores
— louça não se lava sozinha e é infinita

— fazer mercado e feira não cai a mão nem afeta sua virilidade
— pagar boletos é só uma parte
— não reclame comigo se eu estiver exausta e só quiser dormir, me dê um dia de folga pra ver se a libido volta
— pai de visita uma hora deixa de ser lembrado
continue
—
—
—
—
—
—
—
manda por zap.

MARCELA CAVALLARI

QUARTA CAMADA: SINTO, LOGO EXISTO

acolhendo a dor

Quero olhar de frente
a minha dor
E explorar cada faceta sua...
Vou tocá-la,
Sentir o seu cheiro
e virá-la do avesso
Conhecerei cada fresta,
buraco, lado
Cada poeira depositada sobre si
Então, familiarizada com seus abismos, não mais precipitarei assustada ou surpresa em qualquer um deles
Conversarei com a minha dor,
nas noites insones
e nos dias melancólicos
Interrogá-la-ei,
pedindo-me que responda:
"O que pretendes de mim?"
Desse modo, meu coração não entrará em colapso quando ela me gritar no peito

exigindo atenção
Dormirei ao seu lado cantando-lhe belas canções, para despertar serena
dos pesadelos que provocou
E então,
finalmente atadas pelo nó da lealdade, conquistar-lhe-ei o afeto
Guardando apenas uma vaga lembrança dos meus dias de vazio...
e de temor...

CAROLINA COSTA

raiva

Esgotamento
Cansaço
Irritação
Amor
Raiva
Amor
Solidão
Amor
Raiva
Culpa
Amor
Afetos positivos
Solidão
Amor
fiz uma enquete no grupo de mães sobre os sentimentos mais presentes para elas e o resultado foi mais ou menos essa lista. foi tão apaziguador ver que muitas reconheciam os afetos menos bonitos.

raiva. era isso que eu sentia. raiva quando eu sentia dor ao me levantar da cama para acudir o bebê. raiva quando eu me lembrava do dia do parto. raiva da violência. raiva do sistema. raiva do patriarcado. raiva quando sentia dor na relação sexual. raiva do meu cansaço. raiva do meu corpo. raiva dos palpites. raiva por nunca terem me falado da dureza que é o puerpério. raiva por não saber onde colocar a raiva que não era permitida sentir. raiva por não sentir tanto amor.

será que só eu sinto meu corpo ferver por dentro quando o choro passa das três da manhã, quando o almoço que levou tempo para ficar pronto foi rejeitado, quando a criança pede para brincar e eu só quero ficar em silêncio? mãe de merda.

era como se aqui dentro todos os tabus criados da figura da mãe idealizada por uma sociedade que só dita, mas não explica, se esfarelassem e só restassem sentimentos de impotência, frustação, incapacidade. isso porque ali eu ainda não compreendia que todo esse avesso não era só meu. agora sei que essa mãe mítica é uma imagem construída pela gramática emocional a que fomos condicionadas: é padecer no paraíso. coração de mãe só tem um. mãe é amor. imaculada do amor incondicional.

e alguma vez foi fácil amar?

escuto muitas mães que procuram essas imagens dentro de si e que, ao se depararem com um enorme deserto emocional a ser atravessado para chegarem na mãe possível, adoecem, se punem internamente. esse projeto que nos venderam com a imagem da mãe paciente e misericordiosa descola de dentro de nós o acesso e a possibilidade de regular essas emoções de um jeito mais real. como se o amor e o carinho de mãe fossem lugares encenados, despegados da prática do cotidiano. só carinhos, beijinhos e afagos. sem ver que também está ali quando se esfrega a roupa suja, se esquenta a água para limpar o bumbum, se descasca a mexerica e se tira os caroços. de algum jeito, usei essa raiva para me movimentar, tentar entender quais camadas emocionais eram essas que precisava rasgar para encontrar saídas de respiro. fui abrindo espaço, hoje ainda sinto tudo o que tem na lista, mas posso escolher o que fazer com isso.

MARCELA CAVALLARI

poema sem fim

Deixo-me embalar nessa dança
A dança da fria cria...
Aquela que ficou, mas não está
Deixo-me embalar, sem resistir
para que não seja sugada por esse amor
e eu não me perca de mim
É triste, de fato,
que pouco seja compreendida em meus passos
E tenha que seguir sozinha
nesse caminho de vácuo
Necessito poder ficar triste,
sentir saudades,
acolher a dor
sem dedos em riste...
Peço autorização para minhas lágrimas

CAROLINA COSTA

tá mais pra rock and roll do que blues

outro dia li uma notícia que dizia que no reino unido o suicídio é a principal causa da mortalidade materna. fato que comprova que estamos adoecendo cada vez mais as mães. os manuais de psiquiatra validam que o puerpério é um período sensível para o psiquismo da mulher, no qual há maior chance de desenvolver depressão pós-parto como uma patologia específica, desencadeada após dois meses do nascimento do bebê até o primeiro ano de vida. mas o tempo é relativo. também tem sido considerado adequado definir como depressão materna de acordo com a complexidade que os primeiros anos da criança representam e a depender de qual configuração familiar, grau de rede de apoio, condições socioeconômicas, exposição a violência doméstica, traumas no parto, entre uma infinidade de fatores desencadeantes que variam amplamente.

em geral quadros mais graves apresentam sintomas intensos, que variam entre humor deprimido, alterações de peso e apetite, insônia, agitação, fadiga ou perda de energia, sensação de inutilidade, culpa excessiva, indecisão ou capacidade diminuída para pensar e se concentrar, pensamentos recorrentes sobre morte e ideação suicida.[1]

não é necessariamente sobre passar o dia chorando ou não tomar banho. existem pessoas que deprimem, mas permanecem altamente funcionais. com a diferença de que carregam um oco no peito. uma dificuldade de sentir emoções, um choro preso na garganta, aquele desânimo para tarefas simples. zero prazer.

para mim nada tinha cor. eu olhava o verde da paisagem de onde moro e nem mesmo a beleza de uma mata viva me fazia ver além da neblina. era árido aqui dentro. cinzento. escuto todo dia, no meu trabalho, histórias de pessoas perdidas nas cavernas de dentro, parecem labirintos sem fim. mas, como já disse, saber da teoria e da técnica não fez com que fosse mais fácil a travessia. pior. muitas vezes era mais uma camada de culpa, afinal eu deveria saber como me tirar dali. mas "em casa de ferreiro, espeto é de pau".

nosso falso controle racional faz com que a gente mascare as camadas profundas dessa cavidade. já que o único jeito de achar a saída é refazer o caminho que levou até o buraco. vem, não tenha medo de cavar. pode ser libertador entender que aquela irritabilidade não é porque você é péssima, mas sim porque seu sistema está em colapso e precisa te sinalizar. tem a ver com o estresse que você experimenta em atividades de alta tensão. mais alta que na central de energia. ou aquele esgotamento que também ganhou um nome, "*mommy bournout*", é porque um dia de cuidados com uma criança vale por dois dias trabalhando fora de casa e você deve estar fazendo tripla jornada em escala integral sete dias por semana. tá mais pra rock-in--roll do que *baby-blues*. (outro fenômeno com especificidades que faz parte do grande guarda-chuva da saúde mental materna). deprimimos ou adoecemos em algum nível justamente na tentativa do nosso psiquismo de nos salvar. é um alerta que algo não vai bem. se conseguimos pegar esse mapa e sair do choque do impacto ao experimentar essas transformações internas que o momento exige, será possível ver a paisagem lá fora da caverna com os próprios olhos e com mais cor.

agora eu vejo o verde, e é tão bonito aqui fora.

MARCELA CAVALLARI

coração de mãe

A maternidade me visitou antes de eu ser mãe. Na inocência de querer ajudar um lar para crianças em transição entre família e adoção, me prontifiquei a passar uma semana com uma criança. Preparei tudo o que era preciso, de banheira a cadeirinha de carro e berço, e recebi Mariana, de oito meses. Mesmo ainda não sendo mãe, a maternidade estava lá, e eu nem sabia. Desde o momento que a busquei, eu soube o que fazer. Desde alimentar a dar banho, rotina, sono e até curar uma crise de bronquite. Foi uma semana intensa de amor, acolhimento, dor. Dispenso dizer que, ao levá-la de volta, uma parte de mim sempre ficou lá. Visitá-la uma semana depois foi ainda tão dolorido quanto, pois a notícia que ela havia chorado a semana toda e que a crise de bronquite tinha voltado desmanchou meu coração. Pensando que estava mais atrapalhando que ajudando, decidi não ir mais. Até hoje me questiono se a experiência foi boa para ela. Prefiro acreditar que sim, que ela pôde se sentir querida nesse tempinho. Acompanhei de longe seu caminho, e, quando soube que ela tinha sido adotada com os dois irmãos por uma família de São Paulo, meu coração se aquietou. Para mim ficou a certeza de que esse tempo me preparou para o que, um ano mais tarde, eu viria a me tornar: mãe.

Ser mãe automaticamente me demitiu do papel de filha. Isso foi muito confortável para mim. Quanto mais a minha barriga crescia, mais plena eu me sentia. Em 16 de dezembro de 2008, fui apresentada à Beatriz. Lembro bem quando a colocaram ao meu lado, saindo do centro cirúrgico: ela parou de chorar e eu disse "Oi". Foi estranho. Não senti aquele amor arrebatador, assim, de imediato. Aliás até hoje não sei se esse amor é arrebatador. Sim, ele é enorme e simples, forte e sensível, intenso e delicado... Algo em mim sabia de novo o que fazer. E tudo me parecia óbvio. Era só fazer. Claro que, quando as cólicas chegaram, as coisas mudaram um pouco de figura. Mesmo assim, tudo fluía, entre choros e leite e fraldas. Olhar para a Beatriz nos banhos de sol no fim da tarde me fez chorar por meses. Para mim era como um milagre essa coisa de, de repente, sair de você uma criança e ela crescer e transformar coisas muito simples em acontecimentos extraordinários: os sorrisos, balbucios, palavras, engatinhar, ficar em pé, andar!!! Ok, ok, lá vem junto birras, chororô desnecessário, gente dando palpite. E aquela plenitude toda foi-se indo, indo, indo... e tomando lugar vêm os dias e as noites. Aff, as noites! Quem nunca pensou "pelamordedeus, para de chorar e dorme!" (pode atirar a primeira pedra). Mesmo assim eu gostava (e gosto) do ofício de ser mãe. De verdade. Gosto de colocar os limites, de educar, de ensinar a fazer as coisas. Cansaço? Sim, temos. Mas, de verdade, tudo isso que todo mundo passa, de choros, noite mal dormidas, criança que não quer comer, fica doente... nada se compara ao que esse coração de mãe aqui iria passar. E, claro, não sabia. A maternidade é engraçada. Nos momentos de crise, você acha que ela nunca vai acabar, que nada pode ser pior que cólica, que você nunca vai esquecer esses momentos e que nunca mais vai ter filho. Ledo engano, tudo passa, você dorme de novo, as coisas se ajeitam e você quer de novo ter mais uma fofurinha daquela dentro de casa.

Quando engravidei de Bianca, eu trabalhava na Apae. A vida me deu um estágio no que seria a minha maior escola nesta existência. Quando ela nasceu, Beatriz tinha três anos e meio. Coisa mais linda quando ela viu Bianca pela primeira vez (olha a plenitude dando as caras) e, quando chegamos em casa, Beatriz colocou no berço da irmã o brinquedo que mais gostava na época. Na hora achei fofo, mas não entendi o que seria uma das maiores coisas que a Beatriz iria me ensinar, a generosidade.

No início foi tudo normal de novo, rotina, sono, leite, fraldas, só que com uma criança a mais na casa querendo chamar atenção. Tudo se ajeita de novo, a vida quase voltando à estabilidade até que, próximo de voltar ao trabalho, *ops*! Sinal de que algo não estava sendo igual à primeira vez: Bianca não mamava quase nada, sucção fraca, percebido só com a mamadeira que ia aprender a tomar por conta da minha volta ao trabalho. A partir desse momento, nada foi como antes. Pedi demissão da Apae, acabou meu estágio, agora era a vida real começando, e eu sem entender como. Achei que meu tempo ali tinha terminado (e tinha mesmo), e que a Bianca precisava de um olhar. Comecei a trabalhar na escola que Beatriz estava, e Bianca poderia ir também. Beleza, uma questão resolvida. Mas nada de Bianca se sentar ou rolar, ou engatinhar. *Ops*! Sinal mais evidente, algo não ia bem. Aos oito meses, iniciou Padovan (Reorganização Neurológica) como maneira de estimulação. Quem estava lá para ajudar nas sessões com quatro anos? Beatriz.

O tempo foi passando, Bianca crescendo e ficando cada vez mais para trás no seu desenvolvimento se comparado às crianças normais. Então era fonoaudióloga no método Padovan e fisioterapia, e uma infinidade de exames, e médicos para descobrir a causa dos atrasos. Nada. Até um exame muscular, somente com anestesia local, que consistia em abrir a pele, pinçar o músculo, cortar um pedaço e fechar; eu presenciei e a segurei. E ela nem tinha dois anos. E não deu nada. Tá bom, a vida segue. Ela continuava a crescer, se desenvolvendo muito lentamente, de um até dois anos e meio, ela só se arrastava usando os braços. Da cintura para baixo não mexia nada, mas ia para todo lugar. Era, e ainda é, só sorriso e alegria.

Vamos dar uma pausa aqui!

Vamos lá, eu tinha uma filha com desenvolvimento normal e outra não. O que seria isso? Quem falou que era para ser assim? Nada disso estava no script que eu tinha escrito na minha cabeça! Cadê que elas iam brincar juntas e brigar pelos brinquedos? Nada. Cadê que a Beatriz ia reclamar da Bianca por estar pegando seus cadernos? Nada. Cadê que a Bianca ia reclamar que a Beatriz não estava deixando ela fazer a tarefa de casa? Nada.

Nada, nada, nada.

Então, tá! Eu tenho duas maternidades? Tipo, é isso mesmo? Quem falou que isso pode? Pois é, eu acho que pode.

De repente eu percebi que com elas tudo seria diferente. Uma porque realmente era tudo diferente, e outra porque tinha uma irmã com tudo diferente. Quem precisava de mais atenção? Até hoje não sei.

Voltando então: Bianca começou a engatinhar, comia sozinha. Até desafiava os adultos, jogando as coisas quando não queria e dando risada. Como sempre fui dessas mães que cobrava dos filhos a autonomia que eram capazes, achava que com ela não poderia ser diferente. Enquanto a vida caminhava, exames e mais exames para tentar entender o que estava acontecendo. Quando ela tinha dois anos e meio, ouvi falar de uma síndrome chamada Rett. Na hora que ouvi quais eram as características, no fundo do meu coração, tive a certeza de que ela tinha isso. Tanta certeza que corri atrás de um médico especialista que pudesse diagnosticá-la. Nem ele conseguiu. Pediu um exame genético caríssimo, e, depois de lutas judiciais em vão, um benfeitor custeou. O papel só veio confirmar o que eu já sabia por instinto. Aos três anos, ela tinha sido diagnosticada com Síndrome de Rett, uma síndrome genética, que, na literatura, nada se parecia com ela na época. O diagnóstico não foi fácil. Para todos em volta foi só um nome, pouco se sabe de fato do dia a dia.

Eu não sei se vivi realmente o luto, porque a Bianca para mim era a Bianca. Ela era essa que se apresentava, ela era assim. E ponto. Nenhuma outra Bianca morreu para que outra real pudesse nascer (para mim). Eu nunca senti isso. Eu também nunca senti que a Beatriz carregou um luto por isso. Porém, a partir daí, já se sabia com o que lidar e o que olhar. E a vida caminha. No dia da sua festa de quatro anos, meia hora antes de começar, tudo pronto, Bianca teve sua primeira crise convulsiva. Na hora eu não sabia que era isso, achei que ela estava morrendo e corremos para o hospital. Três dias internada, tomando medicações... Voltamos para casa, e agora? A essa altura éramos somente ela, eu e Beatriz. E a vida seguiu, e aprendemos a viver de novo.

Daí a Síndrome de agrava, ela broncoaspira, é internada, precisa de sonda de alimentação nasal, não pode mais se alimentar via boca. Na cirurgia de colocação da sonda gástrica, houve uma intercorrência e seu esôfago foi dilacerado, dreno no pulmão, dias na Unidade de Tratamento Intensivo, quase entubada. Mas Bianca é mais! E a vida caminhou.... cadeira de rodas, praia, viagens, sonda, fralda (para sempre), dieta a cada três horas, medicações. E a Beatriz também cresceu, aprendeu a viver com isso, ajuda mais do que pode. Sabe tudo e cuida como ninguém.

As crises convulsivas aumentaram e foi necessária uma cirurgia no cérebro. Bora. Quarenta dias depois, a calota craniana infeccionou, tira a calota? Bora. Faz vaquinha online, arrecada um valor enorme em muito pouco tempo (#gratidãoeterna), coloca a prótese onze meses depois. Bora. Quarenta dias depois, o corpo rejeita os pontos e abre lesões na cicatriz. Até o momento, um ano e três meses de curativos diários. Tentamos câmara hiperbárica, nós duas agarradinhas em uma câmara individual? Sim. Não funcionou. Bora. Laserterapia? Sim! Bora. Não funcionou. Estamos aguardando a cirurgia para retirada da prótese, não vai ter jeito. E a Bianca nesse tempo todo? Linda, plena, sorridente. É o ser humano que mais tem paciência no mundo, dorme com duas meias em cada mão para não arrancar o curativo e muitas vezes precisa ficar com as mãos contidas.

E a Beatriz nesse tempo todo? Cresce, se torna mulher, linda. Generosa, o que me ensinou desde o brinquedo que colocou no berço da Bianca... Muito carinhosa e responsável. Adolescente sim, mas com uma maturidade de poucos. E eu nesse tempo todo? Vixi... por onde começa?

Ainda gosto da maternidade, mas ela se mostrou um tanto ácida em muitos momentos. Eu me permiti encontrar um novo amor, que divide a vida comigo, as alegrias e as dores, mas que muitas vezes é deixado um pouco de lado por conta do cansaço. Será que a mulher-maravilha daria conta de tudo? A exaustão me visita muitas vezes. Trabalho, cuidados com a casa e a manutenção da vida são diários. Nesse momento a maternidade se divide, pois uma vê a filha crescer e se apresentar para o mundo de maneira tão bonita e consciente e a outra fica na mesma no sentido dos cuidados eternos. E de repente nunca vou saber o que é a síndrome do ninho vazio, ou sim, da maneira mais dolorosa possível. Eu percebi que nos momentos de maior crise, ou preocupação, onde ficamos mesmo? Aquela dedicação toda, todo o amor e a plenitude não são mais suficientes para te preencher. Já me fizeram essa pergunta: "E onde estava você nisso tudo?". E a resposta ainda é a mesma: "Eu não sei". Eu tenho a impressão de que, por mais que as pessoas achem que te ajudam e te dão suporte, não dão. Porque, no fim, ninguém tem coragem de perguntar o que você precisa como mulher, como ser humano, e não como mãe, como você se sente em relação à x questões. Só vem algo do tipo: "Vai, some daqui por um dia que dou conta aqui". Não, isso não. E aí você vai entrando num ciclo de fazer tudo para todo mundo, mas não caminhou por trinta minutos pra melhorar sua saúde. Mas, olha só que ironia, se você está fora do peso ou com cabelo de qualquer jeito, todo mundo repara e critica. Tá bom, gente, que horas mesmo?

O que acontece às vezes é que as pessoas se compadecem e dizem o quanto você é forte, e que só você mesmo para dar conta e que filhos especiais são para mães especiais, blá- blá-blá. Mas ninguém se oferece para cuidar do seu filho para você fazer as unhas. Pode até parecer futilidade isso, mas, sério, é um pequeno exemplo de um autocuidado, para se sentir um pouco bonita, pertencente ao mundo dos que vivem e respiram. Daí a gente se reinventa, e inventa o que fazer com o que dá. De maneira alguma eu queria dar a entender que a maternidade é um fardo. Juro, não é, não. Tudo o que faço pelas minhas filhas, certo ou errado, é com muito amor, empenho e dedicação. Faria tudo de novo, mesmo soubesse como as coisas seriam, mas, de verdade, não dá pra negar que tem um emaranhado de sentimentos que muitas vezes se transformam em lágrimas. E daí elas secam e vamos em frente. E vamos, sim, não porque o amor é arrebatador, mas porque ele é o envoltório. Enfim... a maternidade é complexa. Só sei que ela testa meus limites diariamente, me alegra e me entristece, me acolhe e me rasga. E me prova que não tenho problemas cardíacos, haja coração.

MARIANA CAVALLARI

cadê a poesia?

Faz tempo que não escrevo aqui...

Mas, desde os nove meses da morte da Helena, algo aconteceu.

Sinto uma irritabilidade frequente, embora muitas coisas tenham melhorado para mim e para minha família. Hoje, pela manhã, fiquei refletindo sobre o meu estado emocional.

"Afinal, o que está estranho?"...

Nessa reflexão, eu me dei conta de que a poesia do luto acabou.

Olhando para trás, percebo que, nos momentos mais angustiantes da dor, eu extraí certa beleza. Uma mandala, uma poesia, uma música, uma frase, um ritual, um momento especial... Agora eu estou no lugar do deserto do luto onde muito caminhei – por isso sei que meu trabalho não foi em vão e que exigiu de mim muita entrega e energia – mas não consigo enxergar o oásis à minha frente.

Estou cansada, com sede, exausta por procurar um sentido de identidade: quem eu fui um dia, deixei em algum lugar e momento dessa caminhada. Não me reconheço mais...

E eu penso todos os dias e momentos na minha filha. Que estaria com dez meses, já comendo, engatinhando, ensaiando os primeiros passos... Sendo a luz e a alegria dos nossos dias. Certamente já estaríamos planejando seu primeiro aniversário.

Ontem, estudando com meu filho, pensei como seria estar com ela... Certamente uma loucura dar atenção aos dois. Talvez o Henrique tivesse ciúmes do trono dividido com a irmã.

Como entristece me dar conta do que perdemos.

Eu sou um coração amputado.

Talvez eu esteja na "crueza" do luto. No vazio de tudo. Eu me esvaziei de mim, depois que esvaziaram a minha vida de pessoas tão amadas: filha, irmão, sogra. Esvaziaram a minha vida da falsa segurança da permanência, e restou-me o "nada" onde apoiar. Com o que eu preencho tudo isso?

Ainda não aprendi a flutuar nesse vácuo, e é o que devo fazer. Disseram-me que preciso de férias. Férias de mim. Férias de planejar o futuro.

Algo me diz que essa pode ser a fonte do meu oásis interior... Um lugar onde eu possa saciar a sede para, finalmente, chegar ao fim dessa longa travessia.

CAROLINA COSTA

— Faça psicoterapia. Encontre grupos gratuitos, atendimento em universidades, na saúde pública do município.

— Tente perceber e nomear o que você está sentindo. Isso estava aqui antes? Que sentimento é esse? Cansaço? Frustração? Tristeza? Culpa? Irritação?

— Tente se lembrar de situações no passado desafiadoras e como você encontrou saídas — observe se as sensações desagradáveis tem sido uma constante

— Comunique para as pessoas próximas como você está se sentindo

— Peça ajuda, tire coisas da sua lista e delegue. Faça escala com o parceiro/parceira, vizinha, amiga, mãe do coleguinha.

— Flexibilize sua cobrança interna, essa carrasca aí de dentro só te lasca

— Ache tempo de qualidade para você, nem que seja uma hora na semana para sentar a raba.

— Encontre grupos de apoio, converse com outras mães, pais, pessoas. Não importa que suas amigas não compreendem o momento de vida que você está, encontre as novas que podem até ter poucas afinidades, mas vão dar dica de onde comprar fralda, como faz aquela sopa e qual foi o xarope que funcionou.

— Resgate coisas que você gostava de fazer.

— Evite seguir perfis que apresentam a maternidade romantizada e distante da sua realidade, se apoie em materiais que te acrescentem novas ideias, dicas, informações de qualidade por profissionais.

MARCELA CAVALLARI

QUINTA CAMADA:
APENAS SUFICIENTEMENTE BOA

a culpa vem pegar

o pequeno ser humano seguia o relógio solar ainda. dormia com a galinha e acordava com o galo, com intervalos regulares na média de uma hora de soneca ao longo da madrugada. depois de um ano, já não existia mais tanta ocitocina assim disponível para conseguir acordar bem-humorada. eu levantava querendo que o dia acabasse, mas a realidade era bem outra. alimentar, trocar, cuidar e entreter, além da minha jornada de trabalho pela frente, sem renda psíquica para dar ou receber. ainda tinha o fim do mundo acontecendo. somente eu e meu parceiro em escala de vinte quatro horas em tempo integral.

o movimento era automático. quando às cinco e meia, o choro agudo ressoava pela casa, eu me levantava como um zumbi, picava uma fruta, improvisava um café da manhã, oferecia para a cria, ligava a televisão e ia me esconder na caverna do sofá por mais duas horas pelo menos. tentava encontrar ali algum descanso, algum conforto, ou apenas a chance de ficar parada. o menino me chamava a cada cinco minutos. trocar a fralda que vazou e voltar a morrer. teve um dia que ele achou curioso o elemento pastoso na traseira e decidiu experimentar. tinha bosta por todo o canto. acho que cochilei por tempo demais. mãe de merda.

a alma não encaixava no corpo naquelas primeiras horas e ali era uma tentativa desesperada de me recuperar para aguentar mais um dia. ou a próxima hora. dentro de mim, eu me punia. era culpa por não acordar bem. culpa por estar expondo a criança às telas que eu sempre fui contra e batia no peito para dizer que não daria. era minha culpa se os estágios do desenvolvimento neurológico da criança fossem afetados pela Peppa Pig. sim, da pior espécie porque nem me ocorreram alternativas. também criei ódio daquele outro desenho dos cachorros frenéticos. culpa minha tanta tela.

culpa por esbravejar a cada vez que ele me chamava. culpa por não encontrar nenhuma satisfação nesse lugar. culpa por só poder ser quem eu era com todas minhas limitações. e culpa serve para quê? para entrar em contato. com o lado menos bonito, com a falha, com o anti-ideal de eu. a questão é que eu utilizava essa culpa para me colocar de castigo, me machucar mais, dar provas para mim mesma do meu fracasso. já que eu ainda não sabia que aquela era uma fase transitória entre o fundo da caverna e a reparação.

salto para hoje, três anos depois. sabadou e a cria acordou às 6h10. eu tava esperançosa de que, depois da farra que foi no dia anterior, pudéssemos descansar mais. que nada, pulou na minha cama cedo, dizendo que estava com fome. respirei fundo e lá fui, já que na escala era meu dia de levantar. ele foi saltitando na frente. perguntou se ia na escola. ao saber que era fim de semana, pediu para ver desenho, já que reduzimos muito os acessos e criamos uma rotina para isso bem combinada. sentou-se na mesa da cozinha e pediu iogurte com granola. fiz pão na chapa. ele estava mais silencioso hoje, milagre. olhei pela janela da cozinha e senti alegria de poder estar inteira agora que as coisas de algum modo vão se equilibrando. pediu para ver o tal desenho assim que terminou de comer, permiti. me larguei no sofá e cochilei por uma horinha. oferecendo colo e permissão para mim mesma. mandei a culpa capinar no cafezal.

MARCELA CAVALLARI

cansaço de mãe

Cheguei num ponto do não saber e daqui não vejo saída.

Jamais saberei o que, para que, como...

Maternidade é mergulho sem volta no mar revolto da vida. Te puxando para trás, arrastando para frente, chacoalhando um não saber eterno do que virá adiante, tirando a certeza até do que já passou.

Desde o começo. Nasceu! E agora?

Improviso... Fantasio que sei e... improviso.

Da papinha à roupa.

"Tá frio demais pra esse body?"

Coloca mais roupa (e enche o bebê de bolinhas)!

Muda a estratégia, faz que sabe!...

O

que

não

sabe

E o tempo vai passando. Haja criatividade! Flexibilidade!

Vai que tá rolando... e, *paft*!

Adolescência chega.

Com ela o não saber vira um monstro manifestado, abraçado aos seus ombros. Você olha para a criança, que já não sabe se é criança, e simplesmente não sabe mais do que ela gosta.

O peso do não saber me exauri.

A vida parece jogar na minha cara que o problema não é você não saber do que ela gosta, o pior(!) é não saber bem nem mesmo o que você gosta.

Toca no aleatório "Wish you were here"... e eu penso nesse lugar de completude, nesse colo da mãe, que cuida, que protege. Eu fui? Eu tive?

Talvez eu tenha tido um tão bom que sinto falta dele até hoje. Talvez tenha sido pouco tempo, ou será que nunca é o suficiente?

O que dizer do amor, das perdas, dos lutos... Se tudo está eternamente no meu corpo, me parece que tudo durou tempo o bastante.

Ainda vive, se move e preenche. O todo espaço que habito. O cansaço bateu. Precisei me fechar na casinha... o corpo pediu. "Olha lá pra trás, mocinha?"

CAROL MIRANDA

apenas suficientemente boa

tem um teórico da psicanálise chamado winnicott que muito contribuiu nas teorias da psicologia infantil, sobretudo pelo seu amplo contato com as mães que chegavam ao seu consultório com queixas frequentes dos próprios filhos. ele ampliava o olhar para as condições da interação mãe-bebê, propondo algumas noções sobre o desenvolvimento infantil. claro que, naquela época, apenas as mães deveriam chegar no consultório, já que estavam desde então responsabilizadas por todas as tarefas de cuidado com os filhos e por isso esse senhor também achou que fosse tão natural para ela se preocupar com o bebê. não sei o quanto desse índice mudou hoje em dia, "talvez" não tanto.

fato é que esse médico propôs que o que garante o desenvolvimento psíquico do pequeno ser humano é que alguém exerça um lugar de cuidados *suficientemente* bons. ou seja, atenda a todas às necessidades básicas da criança, garantindo proteção, acolhimento, sustentação e suprimento. inclusive a preocupação excessiva muito comumente relatada pelas mães, com algum grau de ansiedade e angústia tem a ver com algo que é adquirido nesse contato que é a capacidade de se importar, de se compadecer. lembro de, mesmo exausta, ir ao quarto dele ver se estava respirando quando demorava na soneca.

a mãe suficientemente boa, como nomeou o doutor, não é perfeita. ou seja, ela atende às necessidades do bebê e ponto. e ela vai falhar, por aqui e por ali. um choro que demora para escutar. uma mamada que atrasa. um tropeção que acontece. no momento que falha, o bebê cresce, se ajusta, se frustra. me lembro de que o pediatra da cria avisou na primeira consulta que ralar o joelho faria parte de experimentar o mundo e que eles são em geral bem resistentes. falava isso enquanto virava o pequeno ser humano do avesso com a maior facilidade.

apenas suficientemente boas. é isso que precisamos começar a internalizar. sair dos estereótipos da perfeição, do desempenho. diga no espelho: apenas suficiente. eu sei que você queria a nota excelente, mas não vai dar. a gente gira os pratinhos como pode e alguns quebram no processo. é nesse processo de ajuste que acontece o amadurecimento, deles e o nosso. estamos todos nos conhecendo nessa experiência de viver. é preciso encontrar a potencialidade em vez da insuficiência.

veja, há saídas por aqui. sem o peso da capa daquela que tudo pode, você encontra brecha. para não ter que ser tanto. para se contentar com o que deu para fazer naquele dia. para alongar o cordão umbilical e ir permitindo que outros cuidem, para você poder se cuidar. se concentre nos becos estreitos de saída da caverna, é preciso rasgar o que não serve e assumir o lugar possível. apenas *suficientemente boa.* e apenas o suficiente já é muito.

MARCELA CAVALLARI

cartas ao meu pequeno filho: 18 de abril de 2020

Hoje você completa um ano e um mês. Porque, quando nós somos bebês, cada mês entra para conta, do tanto que você cresce dentro dele. Aprende a se expressar mais, começa a andar com passos de astronauta, desengonçado, mas caminhante, sabe que comer o que é bom deixa a barriga feliz, sabe que os bichinhos são nossos amigos e ama o gato, o cão, o cabrito, a vaca, a galinha. Cada dia vale por mil, eu acho. Ou quase isso. Porque você tem as antenas ligadas em alta frequência com tudo o que acontece ao seu redor. Sons, cheiros, sabores, texturas, cores. Como é lindo de ver no passar dos dias, sua consciência se formando, a aprendizagem acontecendo de forma orgânica, apenas com alguns incentivos de nossa parte.

Todo dia acontece uma vez só e não volta.

Tem dias que se parecem, mas sempre tem uma nuance diferente, um detalhe, uma folha que caiu, uma formiga que passou por você, um canto novo que descobriu. Tem dias que são especiais, intensos, cheio de gente que gostamos. Ah, saudade é palavra certeira para expressar o que se sente na quarentena. Mas hoje, meu filho, burlamos os horários da rotina — aquela que não precisa ser tão rígida todo dia — e nos despedimos de nosso amigo sol, agradecendo por mais um dia de luz e calor. Hoje sim conseguimos admirar o tal pôr do sol de outono, que estava ficando esquecido no meio das tarefas. E você se despediu dele com suas pequenas mãozinhas até o último raio brilhar, me trazendo uma imensa emoção por poder presenciar a beleza da pureza vestida de um céu de cores alaranjadas, violetas e anil. Continue achando o belo naquilo que é simples. Amanhã o sol há de brilhar mais uma vez como canta no samba.

Com afeto,

Mamã.

MARCELA CAVALLARI

cartas ao meu pequeno filho: 28 de maio de 2020

Em plena pandemia, cenas direto de um filme de guerra, ou pior. Apocalipse ou Gênesis? Nos meus pensamentos, se rasgam as camadas densas do véu da ilusão, há muito mais coisas sobre a vida em sociedade que é preciso compreender... Mas, de repente, você começa com uma febre de quase quarenta graus pela primeira vez!! Banho frio, compressa, óleo de eucalipto na sola do pé, antitérmico, tudo o que vinha na memória. A febre é amiga, combate a infecção, só não pode subir a temperatura de uma vez, como depois explicou a doutora. Anota no caderninho e fica sabendo que febre é fenômeno natural em crianças! Não se desespera!

A febre passou há uma semana, mas agora só quer mimo, só quer colo, só quer teta, só quer me querer. Chora. Chora. Chora. Será que é salto do desenvolvimento? O Google disse que é ansiedade de separação (quando o bebê só quer ficar perto da mãe ou outra figura de vinculação), eu já havia estudado isso na faculdade, mas não me lembro de darem dicas práticas de como superar. Eu fico na ansiedade de que a gente possa atravessar isso logo. Me esgota porque está além do que tenho para oferecer em muitos momentos. Eu entendo que faz pouco tempo desde que você fazia parte do meu corpo, coladinho, misturado, sem saber onde termina a mamãe e começa você. Mas agora já é hora de darmos mais fio para o cordão umbilical, para que eu possa voltar a ser mais eu, e você descubra quem é você na experiência com o mundo e as pessoas, mas estamos confinados...

Assim vamos fazendo os ajustes, juntos, no tempo fora do tempo que estamos vivendo, e que traz essa percepção tão nítida do agora, sem rota de fuga...

Com cansaço,

Ma.

MARCELA CAVALLARI

eu vi um pai nascer

eu vi um pai nascer do meu lado
foi duro o parto
ele que não fazia ideia do que era um bebê
pegou pela primeira vez seu rebento
e paternou
improvisou como pode
observou o que estava sendo feito
como a enfermeira deu banho
como trocou a fralda
como cuidou o umbigo
e então repetiu
até se tornar especialista
ele que fazia massagem para aliviar a cólica
ele que até hoje faz a melhor lavagem de nariz
e que cura um resfriado de jeito na base do mel com propó-
lis ele que faz o mingau preferido da cria
ele que uma vez deu de cara na porta numa madrugada e
também carrega uma cicatriz
que também sangrou lá dentro

que também doeu no peito
que também engoliu o choro
ele que fez escala comigo
onde nos dividimos entre cuidar e trabalhar
e que muitas vezes não achamos horário para nós
ficamos distantes, frios
ele que tão sereno, também perdia a paciência no compasso do dia gritava pelos corredores calma! calma! calma!
e depois sentia culpa, ficava calado, triste pelo canto
ele que outro dia chegou com o menino pelado, molhado e cheio de areia sorrindo até as orelhas de tanto que brincaram no parquinho
ele que também atravessou camadas para fazer nascer esse pai.

MARCELA CAVALLARI

lama

aconteceu pela entrega espontânea do corpinho pequeno
na lama. experimentar ser barro, ser bicho, ser tudo
ser-tão
na tarde que era tédio.
virou alegria de viver.
a mãe do dia não levou toalha nem troca, era só uma caminhada. pra chegar em casa, teve choro de frio, tremedeira, grito-chiliquinho. o pavio da paciência gastou,
não resolvia explicar que o choro não nos levaria mais rápido para casa. mãos firmes e aperta-se o passo.
deu trabalho tirar a lama encalacrada no couro cabeludo.
esfrega daqui, esfrega de lá.
pente fino para tirar a areia.
conversa olho no olho sobre, da próxima vez, não enfiar a cabeça toda. pareceu compreender.
ficou de molho na banheira.
chorou para sair do banho.
chorou porque queria o biscoito do amigo.
chororô para lá e para cá.

eu querendo chorar por também querer poder ser-tão mais
no fim do dia e só sobrar o pó.
ainda assim
se eu olhar através do lamaçal
valeu a pena cada pegada
pois a criança seguiu o curso de sua natureza e somente
ser. enquanto eu fui a sustentação
permissão
apoio
banho quente
alimento
e presença.

MARCELA CAVALLARI

SEXTA CAMADA: A ALEGRIA VIRÁ EM GESTOS MIÚDOS

em que hora eu vou fazer poesia?

Em que hora eu vou fazer poesia?
Me fiz essa pergunta há doze horas.
Com certeza não será quando estou na correria desespera-
da com minha própria
existência
incompetência
naquela quase desistência.
(Ei, moça, não me olhe assim,
você sabe do que estou falando.)
Desesperada
Descabelada
quando xingo
quando grito
quando choro.
Não será nessas horas.
Mas haverá a hora
em que a musa
virá me visitar
sem eu pedir

sem eu pensar
depois do choro
ou do mamar
depois do soninho,
para das neuroses descansar.
Como delicada flor brotando
ela acordou
e queria abrir a janela.
Mas está chovendo
eu disse.
Mas eu quero ver!
ela respondeu.
O sorriso no rosto
as mãozinhas
girando...
tocando as gotas...
Vamos para frente,
eu abro a porta para você. É um rio!
Disse ela,
e começou a dançar...

ROANNE ARAGÃO

cartas ao meu pequeno filho: 24 de setembro de 2020

ufa! o menino percebe os pássaros!

ele escuta o tucano quando passa

a maritaca que faz festa

o bem-te-vi lá de longe

antes da sua chegada, dentes-de-leão passavam desapercebidos entre as pragas do jardim. Depois de você, sempre que encontro um, sou tomada por uma alegria verdadeira, por me lembrar do seu encantamento e empolgação em poder agitá-los pelo vento.

você, meu filho, espalha sementes de vida e de esperança. faz brotar em mim a ternura, a delicadeza, a compreensão e o afeto. replanta a ordem das coisas, do tempo, da minha percepção sobre os detalhes da vida. sem você, um dente de leão poderia continuar sendo uma memória esquecida da minha infância, com você é a possibilidade do riso, da leveza, da espontaneidade.

você me faz sensível para perceber o mundo ao meu redor novamente.

com presença,

Mê.

MARCELA CAVALLARI

há-mar

escuta o mar, meu filho

ele tem tanto a te dizer

o movimento contínuo

a força que leva e traz

do bater de ondas que, no chacoalhar dos grãos de areia, canta e ressoa toda sua imensidão. mansidão.

o dia pode ser manso perto do mar.

brincar livre por inteiro. cavar. criar. explorar. descobrir. a alga que boia e dança na onda, brinca, muda de jeito quando sai da água.

humanos brincam de viver no mar, ser um pouco peixe, um pouco gaivota.

o menino sabe que é um picolé por dia. tem hora, quando o sol esquentar.

já pensou se sempre que ele visse o moço fosse a vez?

há mar. infinito entre céu e terra em tons de azul. descanso para os olhos cansados de concreto armado, tela quadrada.

areia é possibilidade nas mãos da criança que cava, peneira, amassa e mistura. alegria é achar pecinha de brincar. depois fazer pular pedrinha na beira da água. pular de onda em onda. sem depois, só agora.

o mar deixa livre. a vida sem sal que enferruja.

MARCELA CAVALLARI

há nove meses você nasceu

Querida filha,

A calopsita já chegou em casa, e seu irmão lhe deu o nome de Harry... Harry Potter!

O vazio que você deixou foi muito intenso. Os animais não chegaram para supri-lo, mas é muito provável que, se estivesse conosco, adiaríamos por mais um tempo a decisão de tê-los.

O nono mês tem sido mais suave, passarinha. Estou começando a me sentir bonita novamente, embora em meu corpo continuem as marcas da sua gestação.

Decidi cortar o pão que tanto amo da minha dieta diária e prosseguir com minhas caminhadas matinais, intercalando trechos de corrida. Baixei um aplicativo para acompanhar meu rendimento. Esse é o primeiro extrato dele, e me sinto bastante orgulhosa. Será que um dia a mamãe vira uma corredora? Não tenho pretensões, querida, mas nada é impossível nesta vida.

Como no Dia das Mães, queria apenas compartilhar com você mais uma boa notícia. Eu fico triste às vezes. Mas a vida continua sendo muito bonita e prazerosa de se viver.

Sabe, dizem que os bebês que partem antes ou logo após nascer são anjos. Não sou apegada a essa ideia, pois eu me sinto bastante sua mãe. Para mim, sou eu ainda que a protejo e não o contrário...

Não posso amamentá-la fisicamente, mas posso nutri-la com todo meu amor. Posso, com meu exemplo, mostrar que as separações são dolorosas, a vida por vezes é bastante difícil, mas sempre encontramos maneiras positivas de prosseguir com esperança no futuro.

Pela primeira vez, minha querida passarinha, a mamãe está contente no dia 13. Espero que fique contente também com as notícias que lhe trago.

Muitos beijinhos, abraço apertado, carinhos, afagos e colo para você. Eu te amo do tamanho do infinito.

CAROLINA COSTA

Passeio, primos, picolé, teve tucano de "olhinho azul" que nem o seu, pertinho que nem dava para acreditar. Cores e exuberância. Parece pintura. O reverso. A pintura imita a beleza da natureza. Macacos sossegados. Pendurados. Mico-leão-dourado. "Mas é macaco mãe, não leão!"

"Nana, neném" para o tigre dormir sossegado. E o marasmo dos jacarés que estavam relaxados. Hipopótamos e elefantes em festa na água. Do que será que gargalhavam? E o tamanho da casa da girafa? Será que o vovó Gil construiu?

Próximo do mapa. Pássaro mergulhão! Espetáculo de cores, penachos, formas e texturas. Já viu tartaruga de casco mole?

Eca cocô fedido. Sim, todos os animais fazem cocô e nós também. E vamos passando pela fase do penico, tchau, fralda!

Criança cansada dá chororô ou mau-amor. Observa a preguiça do bicho que passa. Não importa a idade, um colinho sempre faz bem. Teve também hora do lanche com o trio de primos de tênis iguais. Liberado batata frita de almoço. Alegria é sentar junto e combinar um acampamento no quintal. E a pureza e a presença que torna próxima a distância das idades, dez, oito, cinco, três... em um sem-fim de fases e necessidades que só Maria sabe.

No museu, história de 245 milhões de anos, paleolítico, hominídeo, evolução, para onde vamos agora? Não é curioso pensar que seres que habitaram esta Terra há tanto tempo como os dinossauros hoje estão nos topos de bolo de toda festinha de criança?

E a serpente marca o início e o fim do passeio. Pois, assim é o serpentear da vida, em círculo, o eterno retorno, a espiral da evolução, a dança sagrada de morte e reconstrução. Talvez no fim seja só seguir percurso e observar, de coração aberto, olhos curiosos, imaginação viva e afeto sincero. Basta estar atento para perceber.

Fim do passeio, menino contando de tudo que viu. Suspiro. Silêncio.

"Ah, eu queria saber voar."

MARCELA CAVALLARI

contentamento

Minha querida...

Faz dois dias que sinto contentamento em minha alma. Contentamento por nada. Contentamento por tudo.

E é muito bom me sentir assim. Nunca sei quando serei arrastada pela próxima onda de saudade de você. Então, resolvi aproveitar cada segundo de sol e alegria no meu coração. Por você, por mim, e por todos aqueles que amo.

Ontem a mamãe brincou na piscina com seu irmão e sua prima.

Foi muito divertido! E até me emociono de lembrar.

Rimos, mergulhamos, contamos histórias, "fizemos de conta" de sermos sereias, reis, rainhas, príncipes e princesas. E eu senti sua presença conosco.

Vamos brincar, passarinha, quando nossas almas assim desejarem? Promoveremos grandes encontros de amor e alegria.

Eu te amo muito... Com toda a amplidão do infinito.

Beijos e massagens nos pés,

Sua mamãe.

CAROLINA COSTA

cartas ao meu pequeno filho: 25 de novembro de 2020

O que enxergo nos seus olhos, meu filho, é um enorme oceano de vida, ora manso, ora agitado, em constante movimento para algo que te faça querer ver de perto: cores, formas, imagens, paisagens, objetos, animais.

O que enxergo nos seus olhos é a curiosidade atônita que faz parte de você, olhando tudo aquilo que é possível ser visto, sentido e escutado, olha até o sino pendurado que bate com o vento como se pudesse olhar o rastro do som.

O que enxergo nos seus olhos é o azul do céu de um dia bom. Daqueles dias que nos deixam memórias de tardes na varanda, você olhando as nuvens, os aviões e as maritacas.

O que enxergo nos seus olhos, meu filho, é pureza que jamais será tão pura, daquele que confia que a vida te nutre de todas as suas necessidades e ainda acredita que só de belezas o mundo é feito.

O que enxergo nos seus olhos, meu filho, é seu sorriso de canto de olho, daqueles que se apertam até formar uma pequena dobrinha aos lados, o retrato da felicidade genuína.

O que enxergo nos seus olhos, meu filho, é amor, é ternura, é vínculo, é cumplicidade, é necessidade, é alegria, e tristeza também, quando as lágrimas confirmam que a coisa é séria (de dor de dente nascendo a escorregão com batida na quina do móvel).

O que enxergo nos seus olhos, meu filho, é o reflexo do que preciso enxergar em mim.

O que enxergo nos seus olhos, meu filho, é a expressão de sua alma que experimenta a vida a cada instante. É todo o seu universo contido em pequenas esferas azuis translúcidas. É tudo aquilo que posso enxergar, mas é também o resto de mistério que só o tempo vai nos mostrar. Que suas lentes para o mundo sejam da clareza e da capacidade de enxergar além.

Com amor,

Mãe.

(já que hoje você falou assim pela primeira vez)

MARCELA CAVALLARI

o que eu aprendo com meu filho?

- a lidar com as minhas dores
- a me encantar com as maravilhas do mundo novamente
- a ser mais humilde
- que não preciso brigar tanto, ela entende o que eu quero, mas ela respeita mais as vontades dela, eu deveria fazer isso também
- a ser mais gentil com os animais, pois eles são fofinhos.
- a apreciar cada fase de desenvolvimento, pois é lindo vê-lo crescer
- que tem um monte de coisas que eu vou querer e não vou poder
- que, definitivamente, é preciso mais do que uma vila para criar uma criança
- que a vida pode ser boa
- que o amor é simples e de graça

- que eles carregam a maior das sabedorias: viver o presente com espontaneidade e alegria

- a cuidar de mim para cuidar deles

- que eu posso sentir dor e tristeza que ainda assim vão me admirar

- a encontrar minha força sempre que os olhinhos deles me encontram

- a reconhecer minhas sombras e acolher minhas dores

- que o que sou, o que penso, falo e faço constrói parte deles

- a desapegar

- a entregar

- a recuar

- a acreditar

- a recomeçar

- que ser mãe é a maior chance que recebi de me tornar humana

- a importância de conhecer os meus limites e como ainda preciso aprender a colocá-los

- a ver este laço lindo e profundo repleto de desafios e amor

- que tatu-bolinha é muito especial, e que o jardim é repleto de seres mágicos

-que preciso de óculos, já que as coisas minúsculas são preciosas e preciso admirá-las também

-que qualquer raladinho ou cutícula doem mais que tudo, tanto quanto as dores da alma - que é fácil dar risada, mas difícil manter sempre o bom humor

- que é preciso coragem para educar e muito mais coragem para dizer não, e muito mais ainda pra sustentar esse não (com a certeza de que o amor também está no não)

- que filhos crescem e de repente você está tendo conversas muito filosóficas a respeito da vida e de seres humanos

MARCELA CAVALLARI

SÉTIMA CAMADA: NASÇO, NASÇO!

cartas ao meu pequeno filho: 17 de março de 2020

Há um ano, nesse mesmo horário, 23h30, de um domingo, você começava a nascer. Primeiro veio a bolsa estourando enquanto eu fazia xixi e, duas horas depois, a odisseia do parto já estava completa: contração intensa, suspeita de baixos batimentos cardíacos, encaminhamento de emergência para o hospital, eu sem saber o que sentir naquele momento.

O dia que você nasceu não foi como eu tinha planejado, não deu para montar banheira, nem tocar a lista de músicas que, naquele dia à tarde, eu havia preparado, não teve plano de parto, nem deu para viver aquela cena imaginada dos partos naturais. No dia que você nasceu, nasceu também a consciência de que a maior parte das mulheres brasileiras está desamparada, sob a marca do preconceito, da injustiça, da desumanidade e da violência. É preciso saber.

O dia que você nasceu, foi o dia em que eu descobri a fragilidade, a vulnerabilidade, a dor e o medo. E, nesse túnel escuro de passagem estreita, descobri também a força, a entrega e a coragem. No fim dele estavam seus olhos bem abertos e atentos, prontos para conhecer a vida. Nos olhamos então e eu disse: Oi, filho!

Jamais esquecerei do azul-anil dos seus olhos. Imensos.

O dia em que você nasceu foi só o começo do meu renascimento como mulher. E do nosso nascimento como mãe e filho.

Com verdade,

Sua mãe.

MARCELA CAVALLARI

clarão

de cócoras no chão do hospital, de frente para porta do corredor, com desconhecidos passando lado a lado. naquele instante entre vida e morte. dor e medo. instinto e sistema. abismo e chão. me lembro de querer um lugar escuro no canto da enfermaria, mas estava amarrada no soro e no leito que escolheram para eu parir. tentamos todos os movimentos. massagens. bola. agachamento. ducha. caminhar. por sorte, uma semana antes, tinha entrado em vigor a lei de acompanhante do parto na minha cidade e por isso a doula pôde estar presente e fazer essa condução. até hoje tenho o elástico de cabelo que ela desprendeu dos seus fios para amarrar os meus.

tudo era barulho. entra e sai de médico. enfermeiras com agulhas. mulher voluntária querendo fazer oração enquanto vinha uma contração. bebês chorando ao lado. outras mulheres gemendo de dor. eu buscava silêncio dentro. de algum jeito, minha mente era um grande clarão. eu não enxergava nada. só sentia. a cada contração, meus ossos se contorciam, parecia que eu ia desabar. tudo tremia. abalo sísmico. eu não sabia, mas ali eu começava a me parir também. entrar em contato com a vulnerabilidade rasgou as camadas necessárias para que eu enxergasse. os episódios do parto me fizeram ver as mulheres dessas histórias. as dores mais profundas delas. muitas vezes invisíveis ou indizíveis. além de toda a força que é preciso encontrar para dar outros sentidos.

tive a sorte de ter no meu caminho outros lugares para meu trabalho de parto continuar a partir dali. um pouco no colo do meu companheiro, que entrou comigo no mergulho profundo de cuidar de um recém-nascido e uma recuperação de cesárea. lembro que ele fazia unguento de babosa com melaleuca para fazer curativo no corte. cuidava de toda a nossa alimentação, higiene básica da casa, mercado, necessidades. Se levantava de hora em hora para trazer o neném trocado de fralda. me trazia comida e água enquanto eu amamentava. e participou com muita amorosidade do processo de cura e recuperação do meu corpo. entendendo os tempos do trauma. fomos empurrados para a parentalidade sem previsão nem planejamento, sacudidos logo na chegada. hoje eu entendo que no fundo as emoções dele estavam tão bagunçadas quanto as minhas e que devia se sentir tão perdido quanto eu. mas, de algum jeito, estamos desde então aprendendo a fazer ajustes e tentando achar algum equilíbrio nessa tarefa. ainda que outro dia tenham me dito que o equilíbrio é quase uma queda. seguimos tentando.

os processos terapêuticos que me dispus a fazer, desde psicoterapia na linha da psicanálise até trabalhos incríveis com terapia corporal, experiência somática, terapia sonora, terapias integrativas, foram fundamentais. além de sempre ter me permitido buscar ilhas de respiro. um instrumento que comecei a tocar, uma leitura prazerosa, muitos encontros com as amigas, rodas de mulheres, com outras mães, baladas, viagens sozinha. eram nesses momentos que eu me lembrava de uma parte de mim. da minha potencialidade, da minha vivacidade. e então podia criar imaginários melhores para nós.

foi ali naquela viagem que fiz com um grupo de amigas para um pedaço dessa terra maravilhosa, quando mergulhei fundo nas cachoeiras que enxerguei o outro lado. nasci mais uma vez. não importa se o que seja possível agora é tirar três dias de férias, mediante atestado se precisar, ou se você vai encontrar uma amiga por duas horinhas para tomar um café. se você vai começar pelo corpo ou pela cabeça, tanto faz. mas comece logo! o caminho é longo até chegar na saída, mas ela te espera. quando você se movimentar um pouco, seus pedidos de ajuda poderão ser escutados. alguém poderá sugerir um atalho. ou te oferecer um pouco de água. um abraço apertado. não tenha medo do escuro, vá tateando as paredes com calma. quando você chegar, talvez se assuste com a claridade. talvez ofusque seus olhos e você não enxergue nada. espere um instante, logo a cores vão aparecer e você poderá ver com seus próprios olhos.

vem, eu te dou a mão.

MARCELA CAVALLARI

entre mulheres

a mulher livre e selvagem
é aquela que ousa entregar a si mesma entre as outras
permitindo aflorar todo lado oculto em lugar de real com-
paixão e apoio no encontro
chora-se junto
com a mera escolha de palavras que geram identificação e
conexão
sim
todas queremos habitar esse corpo pleno
ao pulsar o impulso de vida
que corre em busca de
êxtase
desfrute
estar-se
sentir pelos poros afeto
carinho, respeito, cuidado
um bálsamo
a intimidade encontrada em laços estreitos que faz ninho
para outra poder repousar e se recuperar

se nutrir
se reencontrar
se ressignificar
porque somos nós
livres para percorrer com clareza os caminhos que nos levam
a ser uma mulher inteira.

MARCELA CAVALLARI

mãe de si

Lá fora é tudo um barulhinho abafado e distante. Aqui dentro é coração, *tum-dum, tum-dum*, estômago, intestinos. É ar enchendo pulmões num vem e vai e vem e vai e vem. E é confortável, mas agora você cresceu. Sua beleza de beija-flor, inteira e incrível, canta, avisando que já não cabe mais. E agora você já pode sentir o que vou te dizer.

Escuta com o coração: você vai entrar numa onda, e ela é imensa e apavorante, e ainda assim você quer e precisa entrar nessa onda de verdade. Vai ser bastante ruim não poder respirar, mas serão somente minutos pequenos. E a onda sempre leva para a areia. Guarde isso, minha querida.

Quando a onda bater, gigante e ardida na pele, e te derrubar e te engolir, não se atordoe. Lembre-se de que você guarda em si todo o ar de que precisa para finalmente recomeçar. E você já sabe o que fazer, mas vou te lembrar de que:

Você não precisa lutar com a onda e a praia vai sempre chegar em você. Sempre.

Sinta tudo! Essa onda vai ser sentida e vai fazer sentido e é isso mesmo e está tudo bem. Sinta a água borbulhante no seu corpo, no movimento que vai te fazer renascer. Esta é uma onda de vida.

Mas antes de a praia chegar em você – preciso dizer isso também – a onda vai te machucar um bocado por alguns metros. É ali, onde já é pé no chão, que você vai se arranhar e se bater na areia e se embolar e respirar e afundar de novo e ver o céu e a terra. E, amada minha, não se desespere ali. Nesse pedaço da dor que é renascer, você verá que há abraços, e encontros, e palavras de todos aqueles que estavam te esperando chegar. Vai, inclusive, perceber aqueles que você nem imaginava que também te receberiam em tão merecido regresso. Você não estará só.

E então você vai finalmente se libertar, alguém te dará a mão para que você encontre seus pés que trilharam tão colorido caminho até aqui, e você vai entender onde está, e é onde você sempre quis estar, onde sempre foi o seu lugar. Você vai voltar para casa, minha menina. Aqui, te espero com um banho quentinho, uma sopinha bem nutritiva e curativa, um colo gostoso, uma cobertinha macia, palavras gentis que te acariciem a alma com a delicadeza de que você precisa.

Isso, minha pequena, é amor. E você sempre soube.

DEKKA SILVEIRA

parto do princípio

o que temos em comum? pelo menos uma experiência de parto. seja o parto que nos fez chegar ao mundo. seja o nosso momento de ter filhos. quantos filhos tiveram nossas avós? como foram seus partos? as mais antigas vão contar dos partos em casa, que vinha parteira, comadre, sogra, e às vezes até o marido ajudava a fazer o parto. partos em casas de sítio, fogão a lenha esquentando água para a bacia, para o chá de erva, tudo o que ajudava a mulher em trabalho de parto.

parto: porta de entrada na maternidade.

parto do princípio de que todas aqui e todas as nossas filhas, irmãs, amigas, sobrinhas, netas não devam seguir passando por tantas violências, negligências e opressões. para isso é preciso muita aproximação com as políticas públicas, com organizações, coletivos, coletividade e mão na massa.

temos ainda a necessidade de fazer nascer uma nova mãe para a gente ser. como queremos ser entendidas, atendidas, escutadas, acolhidas... menos identificadas com todas as idealizações, projeções e submissões que nos foram impostas. podemos ser tão melhores mães quanto mais descansadas, nutridas e inteiras estivermos de nós mesmas. podendo compartilhar na experiência de contato com o pequeno ser humano, a complexidade e a beleza de se fazer humana. coberta por um envoltório social que nos permita esse lugar.

MARCELA CAVALLARI

LEI Nº 4.850
de 6 de junho de 2022

Dispõe sobre a implantação de medidas de informação e proteção à gestante e parturiente contra a violência obstétrica no
Município da Estância de Atibaia – SP

A CÂMARA MUNICIPAL DA ESTÂNCIA DE ATIBAIA, aprova e o PREFEITO DA ESTÂNCIA DE ATIBAIA, no uso das atribuições que lhe são conferidas pelo inciso VI do artigo 73 da Lei Orgânica do Município da Estância de Atibaia, sanciona, promulga e manda publicar a seguinte Lei:

Art. 1o A presente Lei tem por objeto a adoção de medidas de informação e proteção contra a violência obstétrica à gestante e parturiente, durante o abortamento ou puerpério, no Município da Estância de Atibaia.

Art. 2o Considera-se violência obstétrica todo ato praticado pelo médico, pela equipe do hospital, por um familiar ou acompanhante que ofenda, de forma verbal ou física, as mulheres gestantes, em trabalho de parto ou, ainda, no período puerpério.

Parágrafo único. Para efeitos e aplicação desta Lei, é considerada gestante as mulheres cisgêneros e os homens transexuais.

Art. 3o Para efeitos da presente Lei considerar-se-á violência obstétrica a ofensa verbal ou física, dentre outras, as seguintes condutas:

I - tratar a gestante ou parturiente de forma agressiva, não empática, grosseira, zombeteira, ou de qualquer outra forma que a faça se sentir mal pelo tratamento recebido;

II - fazer graça ou recriminar a parturiente por qualquer comportamento, como gritar, chorar, ter medo, vergonha ou dúvidas;

III - fazer graça ou recriminar a mulher por qualquer característica ou ato físico, como por exemplo, obesidade, pelos, estrias, evacuação e outros;

IV - não ouvir as queixas e dúvidas da gestante internada e/ou em trabalho de parto; V - tratar a mulher de forma inferior, dando-lhe comandos e nomes infantilizados e diminutivos, tratando-a como incapaz:

VI - fazer a gestante ou parturiente acreditar que precisa de uma cesariana quando esta não se faz necessária, utilizando de riscos imaginários ou hipotéticos não comprovados e sem a devida explicação dos riscos que alcançam ela e o bebê;

VII - recusar atendimento de parto, haja vista este ser uma emergência médica; VIII - promover a transferência da internação da gestante ou parturiente sem a análise e a confirmação prévia de haver vaga e a garantia de atendimento, bem como tempo suficiente para chegar ao local antes do parto;

IX - impedir que a mulher seja acompanhada, por alguém de sua preferência, durante todo o trabalho de parto;

X - impedir a mulher de se comunicar com o "mundo exterior", tirando-lhe a liberdade de telefonar, fazer uso de aparelho celular, caminhar até a sala de espera, bem como conversar com familiares e acompanhantes;

XI - submeter a mulher a procedimentos dolorosos, desnecessários ou humilhantes, como lavagem intestinal, raspagem de pelos pubianos, posição ginecológica com portas abertas, exame de toque por mais de um profissional;

XII - deixar de aplicar anestesia na parturiente quando esta assim o requerer; XIII - proceder a episiotomia, quando o procedimento não for realmente imprescindível;

XIV - manter algemadas as detentas em trabalho de parto;

XV - fazer qualquer procedimento sem, previamente, pedir permissão ou explicar, com palavras simples, a necessidade do que está sendo oferecido ou recomendado; XVI - após o trabalho de parto, demorar injustificadamente para acomodar a mulher no quarto;

XVII - submeter a mulher e/ou bebê a procedimentos feitos exclusivamente para treinar estudantes;

XVIII - não dispor de profissional habilitado em reanimação fetal na sala do parto, nos termos do artigo 103 da Lei 17.431, de 14 de outubro de 2021;

XIX- submeter o bebê saudável a aspiração de rotina, injeções ou procedimentos na primeira hora de vida, sem que antes tenha sido colocado em contato pele a pele com a mãe e de ter tido a chance de mamar;

XX - retirar da mulher, depois do parto, o direito de ter o bebê ao seu lado no alojamento conjunto e de amamentar em livre demanda, salvo se um deles, ou ambos necessitarem de cuidados especiais;

XXI - não informar a mulher, com mais de 25 (vinte e cinco) anos ou com mais de 2 (dois) filhos sobre seu direito à realização de laqueadura gratuitamente nos hospitais públicos e conveniados ao Sistema Único de Saúde – SUS, observado o disposto na Lei no 9.263, de 12 de janeiro de 1996;

XXII - tratar o pai ou qualquer outro responsável legal pelo bebê que esteja acompanhando a parturiente como visita, obstando seu livre acesso para acompanhar a parturiente e o bebê a qualquer hora do dia.

Art. 4o Os estabelecimentos de saúde deverão expor cartazes informativos contendo condutas elencadas nos incisos I ao XXII do artigo 3o desta Lei, bem como os órgãos e trâmites para encaminhamento das denúncias de violência obstétrica.

Parágrafo único. Equiparam-se aos estabelecimentos de saúde, para efeitos desta

Lei, os postos de saúde, centros e unidades básicas de saúde, casas de parto, maternidades e consultórios médicos especializados no atendimento à saúde da mulher.

Art. 5o O Poder Executivo poderá elaborar Cartilha dos Direitos da Gestante e da Parturiente, propiciando a todas as mulheres as informações e esclarecimentos necessários para

um atendimento hospitalar digno e humanizado, visando à erradicação da violência obstétrica.

Art. 6o Para o efetivo cumprimento dessa Lei deverá ser oferecido as equipes obstétricas e a todos que trabalhem diretamente com o segmento dentro dos estabelecimentos

abrangidos por essa Lei, capacitação sobre violência obstétrica e suas implicações legais.

Art. 7o A fiscalização do disposto nesta Lei será realizada pelos órgãos públicos nos respectivos âmbitos de atribuições, os quais serão responsáveis pela aplicação das sanções decorrentes de infrações às normas nela contidas, mediante procedimento administrativo, assegurada ampla defesa.

Art. 8o O descumprimento desta lei sujeitará os infratores às penas previstas na legislação administrativa, penal e civil.

Art. 9o O Poder Executivo regulamentará esta Lei, no que couber, no prazo de 60 (sessenta) dias após sua publicação.

Art. 10 As despesas com a execução desta lei correrão por conta de dotação orçamentária própria, suplementada se necessário.

Art. 11 Esta Lei entra em vigor na data de sua publicação.

PREFEITURA DA ESTÂNCIA DE ATIBAIA “FÓRUM DA CIDADANIA”, 6 de junho de 2022.

cartas ao meu pequeno filho: 31 de dezembro de 2020

Filho, quero te dizer que sem você teria sido mais difícil atravessar esse ano. Cheio de intempéries, catástrofes naturais e humanas... Ondas de medo. Tristeza nos boletins diários. Metade do mundo mergulhada em ignorância e ganância, outra metade emergindo em luta, esperança e transformação. É tanto para sentir, que tem horas que não cabe em mim.

Aqui no nosso pequeno mundo, eternos dias que se repetiam, todos os humores dividindo o mesmo espaço-tempo. Manter o isolamento social, entendendo ser o mínimo a se fazer durante a pandemia, nos deixou sem lugar para escapar. Quanto senti falta de poder te apresentar outras crianças, outros horizontes, outras experiências... Tudo bem, você vai ter tempo para conhecer o mundo.

Compartilhar com você a vida nesse ano, me deu força. Força para ter fé. Força para esperançar. Força para querer lutar. Força para não cair no abismo do medo, do desânimo, do desamor. Agradeço por você sempre me entregar a alegria e certeza que queremos ter muita vida pela frente.

Tchau, 2020.

Amo você!

Mamãe.

MARCELA CAVALLARI

REFERÊNCIAS BIBLIOGRÁFICAS

AMERICAN PSYCHIATRIC ASSOCIATION - APA. *Manual diagnóstico e estatístico de transtornos mentais*: DSM-5. Porto Alegre: Artmed, 2014.

ARANTES, A. *A morte é um dia que vale a pena viver*. Rio de Janeiro: Editora Casa da Palavra, 2016.

IACONELLI, V. *Criar filhos no século XXI*. São Paulo: Contexto, 2019.

_____________. Depressão Pós-parto, psicose pós-parto e tristeza materna. IN: *Revista Pediatria Moderna*. v.41, n. 4. Belo Horizonte: julho-agosto, 2005. Disponível em: www.nescon.medicina.ufmg.br/biblioteca/imagem/1927.pdf. Acesso em: set. 2023.

_____________. *Mal-estar na maternidade: do infanticídio à funçãomaterna*. 2. ed. São Paulo: Zagodoni, 2020a

TEPERMAN, D.; GARRAFA, T.; IACONELLI, V. Sobre as origens: muito além da mãe. IN: *Parentalidade*. Belo Horizonte: Autêntica, 2020c.

WINNICOTT, D. W. (2006). Os bebês e suas mães. Tradução: Jefferson Luiz Camargo. 3. ed. São Paulo: Martins Fontes. (Trabalho original publicado em 1987.)

MARCELLA CAVALLARI é psicóloga, psicanalista, mestre em psicologia clínica pela Universidade de São Paulo, professora universitária, mãe de um. Facilitadora de conversas que curam. Atua em diversos grupos terapêuticos e rodas maternas com temáticas ligadas à saúde mental materna. É ponte para mães que atravessam gestação, parto, puerpério e caminho para aquelas que precisam se reencontrar após a travessia. Acredita na potência da palavra falada e escrita.

HECATOMBE
selo da editora urutau

EDIÇÃO debora ribeiro rendelli
REVISÃO marcella sarubi
DIAGRAMAÇÃO victor h. azevedo
PROJETO GRÁFICO E CAPA wladimir vaz
COORDENAÇÃO GRÁFICA tiago fabris rendelli

Dados Internacionais de Catalogação na Publicação (CIP) de acordo com ISBD

C382 Cavidade materna: sete camada de nós /

organizado por Marcela Cavallari. - Cotia : Hecatombe, 2024.
188 p. ; 13cm x 16,5cm. – (Mãe leva outra)

ISBN: 978-65-6035-018-2

1. Literatura brasileira. I. Cavallari, Marcela. II. Título. III. Série.

CDD 869.8992
2024-1192 CDU 821.134.3(81)

Elaborado por Vagner Rodolfo da Silva - CRB-8/9410

Índice para catálogo sistemático:
1. Literatura brasileira 869.8992
2. Literatura brasileira 821.134.3(81)